D0566966

Esposa por conveniencia

This Large Print Book carries the
Seal of Approval of N.A.V.H.

Esposa por conveniencia

Sandra Marton

Thorndike Press • Waterville, Maine

Título original: The Sheikh's Convenient Bride

Published in 2006 by arrangement with Harlequin Books S.A.
Publicado en 2006 en cooperación con Harlequin Books S.A.

Thorndike Press® Large Print Spanish.
Thorndike Press® La Impresión grande española.

The tree indicium is a trademark of Thorndike Press.
El símbolo del árbol es una marca registrada de Thorndike Press.

The text of this Large Print edition is unabridged.
El texto de ésta edición de La Impresión Grande está inabreviado.

Other aspects of the book may vary from the original edition.
Otros aspectros de éste libro podrían variar de la edición original.

Set in 16 pt. Plantin.
Impreso en 16 pt. Plantin.

Printed in the United States on permanent paper.
Impreso en los Estados Unidos en papel permanente.

Library of Congress Cataloging-in-Publication Data

Marton, Sandra.
    [Sheikh's convenient bride. Spanish]
    Esposa por conveniencia / by Sandra Marton.
        p. cm. — (Thorndike Press la impresión grande española = Thorndike Press large print Spanish)
    ISBN 0-7862-8608-3 (lg. print : hc : alk. paper)
    1. Women accountants — Fiction. 2. Kings — Middle East — Fiction. 3. Sexism — Fiction. 4. Arranged marriage — Fiction. 5. Middle East — Fiction. I. Title.
II. Thorndike Press large print Spanish series.
PR6063.A736S54 2006
  823´.914—dc22   2006005620

Esposa por conveniencia

Capítulo uno

ERA un jeque, el rey de Suliyam, un pequeño país con unas reservas petrolíferas impresionantes situado en la península de Bezerian.

Además, era alto, moreno, de ojos grises y muy guapo.

Si a una le gustaban los hombres de aquel tipo, claro.

Según los tabloides y la televisión, a la mayoría de las mujeres les gustaban.

Pero Megan O'Connell no era como la mayoría de las mujeres.

En cualquier caso, los hombres altos, morenos, guapos y muy ricos eran siempre egoístas, egocéntricos y arrogantes.

Megan se llevó la taza de café a los labios.

De acuerdo, quizás pensar algo así fuera superficial pero, ¿y qué? Los hombres como él eran superficiales también.

¿Para qué necesitaba el mundo a aquellos dictadores que se creían regalos divinos para el sexo femenino?

Lo cierto era que jamás había hablado con él, pero ni falta que le hacía para saber qué tipo de hombre era. Su jefe, otro estúpido absolutamente nada guapo, le había trasmitido el mensaje del jeque aquella mañana alto y claro.

Era una mujer y, por lo tanto, a sus ojos una ciudadana de segunda. Él, por supuesto, era un hombre y, por si eso no era suficiente, de sangre azul.

«Sangre azul», pensó Megan con una mueca de desprecio.

Aquel tipo no era más que un cerdo machista.

¿Por qué era ella la única en darse cuenta?

Lo había visto hablando con un grupo de hombres de negocios durante más de una hora y el muy cínico se había permitido el lujo de fingir incluso interés en lo que estaba oyendo.

Megan tuvo que admitirse a sí misma que no parecía hacer mal su trabajo pues los demás estaban pendientes de sus palabras, lo cual no era fácil teniendo en cuenta que eran directivos de una prestigiosa empresa.

Claro que, según *The Times*, el jeque era el responsable de que su país estuviera modernizándose y llevando a cabo varios programas de desarrollo.

Eso si se leía *The Times* porque, si se leían los tabloides, no era más que un playboy, un rompecorazones.

Seguro que la versión de los tabloides se acercaba más a la realidad.

Lo único que Megan sabía a ciencia cierta era que aquel hombre se llamaba Qasim al Daud al Rashid, que era el rey de Suliyam desde la muerte de su padre y monarca todopoderoso de su pueblo.

Desde luego, el título sonaba a demasiado antiguo para el siglo XXI, pero al jeque no parecía importarle, él no parecía darse cuenta de que todo aquello parecía una broma.

Por lo visto, los empleados de Tremont, Burnside and Macomb, Financial Advisors and Consultants de la oficina de Los Ángeles tampoco se lo tomaban a broma.

Qué pena que Megan hubiera aceptado el traslado desde la oficina de Boston porque allí nadie se hubiera molestado en hacerle la pelota a un anacronismo andante.

—Oh, Alteza —suspiró una mujer.

Sí, había que llamarlo así según les había indicado el séquito que lo acompañaba.

Megan se terminó el café.

Ella jamás lo llamaría así.

Si tenía la mala suerte de hablar con él, lo que no era muy probable después de lo que había sucedido aquella mañana, jamás lo llamaría «Alteza».

¿Cómo se llama a un dictador del siglo XXI que vive una vida del siglo XVI y que se permite el lujo de hablar de una mujer con estudios como si fuera una vaca?

Se le llama bastardo.

¡Y pensar que Megan se había dejado la piel documentándose y escribiendo la propuesta que había conseguido ganarlo como cliente!

¡Y pensar que había pasado varias noches en vela y fines de semana completos dedicada a aquel proyecto!

¡Y pensar que había creído que aquello le valdría el ascenso del que tantas veces le habían hablado!

Todo aquello se había ido al garete cuando aquella mañana Simpson le había dicho que aquella cuenta pasaba a Frank Fisher.

Megan fue a servirse otra taza de café, pero decidió no hacerlo porque ya tenía una buena dosis de cafeína en el cuerpo.

Se sirvió una mimosa y pensó en la ironía de la situación pues aquel champán californiano y el zumo de naranja habían sido incluidos en el bufete porque ella se había molestado en descubrir que al jeque le solía gustar tomarlos por influencia de su madre, que había nacido en California.

Él jamás lo sabría, pero si aquel día estaba bebiendo mimosas en Los Ángeles era porque ella se había molestado en encargar el champán y el zumo de naranja.

¿Por qué no habría encargado estricnina?

Debía dejar de pensar de aquella manera. Debía dejar de pensar en absoluto o, al final, iba a decir o hacer algo que le costara el puesto de trabajo.

Como si eso no hubiera sucedido ya.

¿Por qué se mostraba tan negativa? Claro que no iba a perder el trabajo. Se había esforzado mucho en aquella empresa y no iba a permitir que una decisión de aquel maldito jeque arruinara su carrera profesional.

Habría otras grandes cuentas que le dieran el ascenso.

Claro que sí.

Si, por lo menos, no se hubiera tomado tantas molestias para que todo fuera sobre ruedas. Aquella mañana había llegado a la oficina a las ocho en punto para asegurarse de que la reunión con el jeque estuviera preparada.

A las ocho y diez, había hablado incluso de los sándwiches y el tipo de café que se iban a servir. A las ocho y cuarto, su jefe había entrado en su despacho con una gran sonrisa y una bolsa de Starbuck's en la mano.

—Para ti —le había dicho.

Megan había estado a punto de decirle que llevaba ya dos horas bebiendo café, pero decidió que, puesto que Jerry jamás sonreía ni le llevaba nada para desayunar, debía aceptarlo.

Ingenuamente, había creído que su jefe

había llegado pronto, algo que jamás hacía, para asegurarse de que los preparativos de la importante reunión que se iba a llevar a cabo iban viento en popa.

—¿Qué tal el fin de semana? —le había preguntado Jerry.

—Fenomenal —había contestado Megan sinceramente.

Había estado en Nantucket Island, en la boda de su hermano Cullen, y lo cierto era que lo había pasado de maravilla.

Jerry había sonreído y le había dicho que se alegraba mucho y que estaba estupenda y que, por cierto, le iba a dar la cuenta de Suliyam a Frank Fisher.

Megan se dijo que no lo había oído bien, que debía de haber tomado demasiado champán en la boda de su hermano o que había dormido poco y había tomado demasiados cafés.

—No te lo vas a creer, creía que me habías dicho que…

—Sí, eso es exactamente lo que te he dicho —había contestado Jerry.

—Eso es imposible —había dicho Megan—. Suliyam pidió un estudio…

—Fue el jeque quien lo encargó.

—Da igual, lo que importa es que…

—Es un detalle importante, Megan. El jeque habla en nombre de su pueblo.

—¿Y qué?

—Que para él lo único que cuenta es Suliyam.

—Ya, pero yo he estado trabajando en este estudio durante mucho tiempo. Lo he hecho porque me dijiste que, si el rey aceptaba nuestra propuesta, sería mi cliente.

—Jamás te dije eso. Yo sólo te pedí que prepararas la propuesta.

—En esta empresa, normalmente, la persona que se encarga del estudio de un cliente se queda con ese cliente.

—Te recuerdo que tú no eres socia, Megan.

—Los dos sabemos que eso no es más que una formalidad, Jerry.

—Su Alteza quiere a alguien con autoridad.

—Eso tiene fácil arreglo. Hazme socia ahora mismo en lugar de esperar hasta julio.

—Megan, lo siento mucho, pero…

—Lo único que hay que hacer es que el resto de los socios me voten y le diremos al jeque que soy más que capaz de…

—Eres mujer.

—¿Cómo?

Jerry suspiró.

—No es nada personal, no es por ti sino porque…

—¿Por qué? Venga ya, Jerry, ¿qué tiene

13

que ver que sea mujer? —preguntó Megan intentando no perder los nervios.

—Es mejor así —contestó su jefe evitando la pregunta—. Quiero que te ocupes de un cliente nuevo. Se trata de Rod Barry, el director de cine.

—Yo quiero ocuparme del jeque de Suliyam —insistió Megan—. Es el cliente que me habías prometido.

—Barry es duro de pelar y hay que ser muy bueno para trabajar con él. Tú eres la única persona a la que le pueda encomendar este trabajo. Hazlo tan bien como lo sueles hacer siempre y el año que viene te hago socia —concluyó Jerry alargando la mano—. Enhorabuena.

Si Megan se hubiera acabado de caer de un guindo, se lo habría creído, pero, a sus veintiocho años y con una carrera de Económicas a las espaldas, un máster en finanzas y una experiencia profesional más que brillante, no era inocente ni estúpida.

¿Por qué estaba su jefe tan interesado en apartarla de aquel cliente?

—Acabas de decir hace un rato que el problema era que era mujer.

—Yo no he dicho exactamente eso.

—¿Por qué es un problema?

—Porque Suliyam es un reino.

—Eso ya lo sé.

—Eso quiere decir que no tiene Constitución ni Parlamento elegidos democráticamente.

—No me estás diciendo nada nuevo. Te recuerdo que llevo tres meses documentándome sobre Suliyam.

—Entonces, sabrás que allí viven de manera tradicional, acatando unas normas que a nosotros se nos quedan obsoletas.

—¿Te importaría ir al grano?

—Ya veo que no te quieres hacer cargo del nuevo cliente, así que te voy a nombrar ayudante de Frank. Él irá con el jeque a Suliyam y tú te quedarás aquí para ejecutar sus órdenes.

—¡No pienso ser la ayudante de Fisher! —estalló Megan.

—La discusión se ha terminado, Megan. Este cliente ya no es tuyo. Así lo quiere el jeque y así será.

—El jeque es un idiota —dijo Megan con frialdad.

Jerry se giró hacia la puerta, pálido como la pared y cualquiera hubiera dicho que esperaba ver allí al jeque con una espada en la mano.

—¿Lo ves? Tú no puedes hacerte cargo de este proyecto.

—Sabes que jamás le diría una cosa así a la cara.

—Jamás tendrías oportunidad —dijo Jerry apretando los dientes—. ¿Acaso no te has dado cuenta mientras recababas información sobre Suliyam de que allí las mujeres no tienen los mismos privilegios que aquí? En el reino del jeque, las mujeres no tienen status.

—Aquí, las mujeres tenemos derechos, no privilegios. En cuanto al jeque, pasa tanto tiempo en occidente como en su propio país y está acostumbrado a tratar con mujeres embajadoras en las Naciones Unidas.

—Nuestro representante tendría que trabajar codo con codo con él, tratar con su gente. ¿Crees que esos hombres van a estar de acuerdo en sentarse con una mujer y aceptar sus críticas y sus sugerencias?

—Lo que creo es que ya va siendo hora de que vivan en el siglo XXI.

—Eso no es asunto de esta empresa.

—¿Y tú? ¿No va ya siendo hora de que tú también vivas en el siglo XXI? ¿Acaso no sabes lo que son las leyes antidiscriminatorias?

—Esas leyes sólo son válidas en el territorio de Estados Unidos. Hay lugares del mundo donde incluso nuestras mujeres soldados tienen que acatar ciertas tradiciones locales.

—Lo que haga el ejército no tiene nada que ver con el plan del jeque para conseguir capital para el desarrollo de los recursos de su país —le espetó Megan sintiendo sin embargo que estaba perdiendo la batalla.

—Tiene absolutamente todo que ver.

—No creo que un juez pensara lo mismo.

—Si me estás amenazando con ir a juicio, adelante —le dijo Simpson—. Nuestros abogados te harían picadillo. Las leyes de Suliyam tienen prioridad sobre las estadounidenses cuando nuestros empleados viven y trabajan allí.

¿Tendría razón? Megan no estaba segura. A lo mejor, Jerry ya había tratado el asunto con el equipo jurídico de la empresa.

—¿Y si sigues adelante y nos denuncia crees que luego encontrarías trabajo? ¿Crees que a las empresas les gusta saber que un empleado es capaz de denunciarlas en lugar de obedecer sus órdenes?

—¡Eso es chantaje!

—Es la verdad. Jamás volverías a trabajar en una consultora.

Megan sabía que su jefe tenía razón. Legalmente, la sentencia estaría de su parte, pero en la práctica las cosas funcionaban de manera muy diferente.

Simpson sonrió.

—Además, esta conversación nunca ha tenido lugar. Sólo me he pasado por tu despacho para darte las gracias por tu trabajo y para decirte que, desgraciadamente, no tienes experiencia suficiente para llevar el proyecto tú sola. Estoy convencido de que adquirirás esa experiencia siendo la ayudante de Fisher —dijo Jerry balanceándose sobre los talones—. No hay nada de raro en ello, nada de nada.

Megan se quedó mirándolo fijamente.

Aquel hombre era un canalla, pero tenía razón. Probablemente, no tenía base legal para denunciar a la empresa y, aunque la tuviera y lo hiciera, se estaría cavando su propia tumba.

Estaba arrinconada, atrapada sin opción.

Lo lógico hubiera sido que controlara su ira, sonriera y le diera las gracias a su jefe por decirle que al año siguiente la iba a hacer socia y por haberle conseguido otro cliente estupendo.

Pero no podía, no podía. Megan siempre había creído que las cosas había que hacerlas según las normas y lo que su jefe le estaba diciendo era que las normas no tenían importancia.

Jerry la miraba muy sonriente, convencido de que se había salido con la suya.

—Te equivocas —le dijo Megan—. Te equivocas conmigo. No pienso dejar que el príncipe de las tinieblas y tú me quitéis de en medio.

—No digas estupideces, Megan. Sabes muy bien que no tendrías nada que hacer contra nosotros, jamás nos ganarías en un juicio.

—Puede que no, pero vuestro nombre quedaría por el suelo y los dos sabemos que a los consejeros delegados no les gusta ver el nombre de la empresa en el fango. Y sería todavía peor para el jeque. Suliyam está asentado sobre un mar de petróleo y minerales, pero cuando los inversores se enteren de que tiene un juicio pendiente por atentar contra los derechos humanos, saldrán corriendo en dirección opuesta.

A su jefe se le había borrado la sonrisa de la cara.

«Bien», pensó Megan dispuesta a asestarle la estocada final.

—Si me apartas de este proyecto, me aseguraré de airear los trapos sucios de Suliyam para que se entere todo el mundo —concluyó pasando a su lado—. Díselo a ese sultán de los desiertos.

Y dicho aquello, salió del despacho con la cabeza muy alta y sintiéndose muy orgullosa.

Mientras avanzaba por el pasillo, se dio cuenta de que había salido de su propio despacho, no del de su jefe, pero no era el momento de volver.

Su amenaza no tenía ningún sentido. Megan lo sabía muy bien y suponía que su jefe también.

Para ella, su trabajo lo era todo. Estaba entregada a él en cuerpo y alma. En aquel aspecto, no se parecía en nada a su madre, que se entregaba a un hombre y dejaba que hiciera con su vida lo que quisiera.

Tampoco se parecía a su hermana Fallon, cuya belleza le había valido la independencia. Ni a su hermana Bree, que parecía contenta con sobrevivir.

No, Megan había hecho dos carreras universitarias y había trabajado mucho para llegar donde había llegado.

¿Estaba dispuesta a tirarlo todo por la borda para hacerse la feminista?

No.

No iba a demandar a nadie. Lo que iba a hacer, cuando se le hubiera pasado el enfado, sería tragarse el orgullo y decirle a su jefe que lo había pensado bien y que…

¡Pedir perdón le iba a doler! Pero era lo que tenía que hacer y era lo que iba a hacer.

La vida no era fácil.

Megan se quedó en el cuarto de baño un buen rato y luego volvió a su despacho, se sirvió una taza de café, sacó una caja de bombones Godiva y se pasó una hora inventando maneras de borrar a los hombres de la faz de la tierra.

Un poco antes de las diez, apareció la secretaria que compartía con otros tres analistas.

—Ya ha llegado —susurró.

No hacía falta preguntar a quién se refería. Aquella mañana, sólo esperaban una visita y, además, Sally parecía una adolescente ante la llegada de su estrella del rock preferida.

—Me alegro por ti —contestó Megan.

—El señor Simpson ha dicho que… prefiere que te quedes donde estás.

—Y a mí me gustaría que él estuviera delante de un tren —sonrió Megan—, pero muchas veces en esta vida no conseguimos lo que queremos.

—Megan, te has tomado unos cuantos cafés, ¿verdad? Madre mía, y te has comido la mitad de la caja de bombones.

Megan sabía que cuando se pasaba con el café se ponía nerviosa, irritable y hablaba demasiado. Menos mal que era consciente de ello porque, de lo contrario, sería capaz de aparecer en la sala de juntas.

Lo cierto es que estaba mejor en su despacho.

—Dile al señor Simpson que me voy a quedar aquí.

—¿Estás bien? —le preguntó la secretaria con preocupación.

—Sí —mintió Megan.

Más café, más chocolate e intentar no pensar en que, mientras ella estaba allí obedientemente encerrada en su cubículo, Jerry Simpson y Su Alteza estarían probablemente riéndose a su costa.

¿Y por qué dejar que eso ocurriera?

Megan se peinó, se puso bien las medias, se pasó las manos por la falda azul marino y se dirigió a la sala de juntas.

Cuando su jefe la vio, se sonrojó levemente y Megan le dedicó una sonrisa de mil vatios, encantada de hacerlo sufrir.

A continuación, se dirigió a la mesa del bufete, se sirvió otro café y terminó pasándose a las mimosas.

Aquello no tenía cafeína, sólo burbujitas.

Sólo quería quedarse un rato más para que su jefe lo pasara mal. En cuanto el jeque se hubiera ido, se pondría de rodillas y pediría perdón.

Completamente concentrada en su copa de champán, oía hablar a su jefe y una voz más grave contestaba, todo ello salpicado de risitas y comentarios femeninos.

—¡Eso ha sido genial, Alteza!

Megan se giró y se quedó mirando a Geraldine McBride.

¿De verdad aquella mujer que pesaba cien kilos se hacía la remilgada?

Megan no pudo evitar reírse al imaginarse al califa montando un caballo árabe con Geraldine en la grupa.

Volvió a reírse pero, por desgracia, en aquella ocasión la conversación había cesado y todo el mundo se volvió hacia ella.

Su jefe la miró como si la quisiera matar.

El jeque…

Mmmm, el jeque era realmente guapo.

Los tabloides tenían razón, pero se habían equivocado con el color de sus ojos porque no era gris sino del color del carbón o del acero o de las nubes de tormenta.

Sí, definitivamente, aquellos ojos que se habían posado en ella eran fríos.

Evidentemente, no le había caído bien.

«Tú a mí, tampoco», pensó Megan girándose no sin antes tener la osadía de alzar su copa.

¿Y a ella qué le importaba lo que pensara el jeque?

—Señorita O'Connell —dijo una voz grave a sus espaldas.

Megan se giró y vio que el jeque iba hacia ella con paso tan firme y masculino que el corazón le dio un vuelco, lo que era una estupidez porque no tenía motivos para tenerle miedo.

Al verlo de cerca, se dio cuenta de que era misterioso y peligroso.

El jeque hizo el amago de sonreír, pero Megan se dio cuenta de que seguía mirándola con infinita frialdad y se preguntó cómo un hombre tan guapo podía ser tan desagradable.

Se preparó para la batalla.

—Alteza.

El jeque la miró a los ojos y levantó una mano.

Eso fue todo.

Nadie dijo nada, pero todo el mundo abandonó la sala de juntas en pocos segundos.

—Debe de ser estupendo ser el emperador del universo —sonrió Megan.

—Debe de ser igual de estupendo que a uno le dé igual lo que la gente piense de su persona.

—¿Cómo dice?

El jeque la miró de arriba abajo.

—Está usted borracha.

—No, no lo estoy.

—Deje esa copa en la mesa.

—¿Qué? —contestó Megan enarcando las cejas.

—He dicho que deje la copa.

—Usted no es nadie para decirme a mí lo que debo o no debo hacer.

—Alguien debería habérselo dicho y, así, no hubiera usted intentado amenazarme.

—¿Amenazarlo? ¿Se ha vuelto loco? En ningún momento ha sido mi intención…

—Por última vez, señorita O'Connell, deje la copa.

—Por última vez, rey todopoderoso, deje de darme órdenes o…

Sus palabras se vieron interrumpidas por un grito de sorpresa cuando el jeque Qasim al Daud al Rashid, rey de Suliyam y monarca todopoderoso de su pueblo, la cargó al hombro y salió de la habitación.

Capítulo dos

LA intención de Caz no había sido cargar a la señorita O'Connell al hombro como un saco de patatas.

No quería tener nada que ver con ella porque Simpson le había contado que, tras encargarle simplemente que se documentara para que la empresa realizara una propuesta, ella había dicho que tenía que cumplir algo que en realidad él no le había prometido…

Y para terminar le había amenazado con arrastrar su nombre y el de Suliyam por el suelo si no le daba el trabajo que ella quería.

¿Cómo se atrevía a intentar chantajearlo?

Caz sintió que la ira se apoderaba de él.

Sus antepasados hubieran sabido cómo hacerse cargo de aquella mujer.

Lo cierto era que él también.

Se rió mientras avanzaba por el pasillo, viendo la expresión de sorpresa de la gente mientras la señorita O'Connell le golpeaba la espalda con los puños cerrados y gritaba palabras que una mujer decente ni siquiera debería saber.

No hacía falta remontarse mucho en la historia. El noventa por ciento de los hombres de Suliyam sabría cómo tratar con aquella mujer y ése era, precisamente, el problema.

Tras la apresurada conversación que había mantenido con el señor Simpson, Caz se había dado cuenta de que, si dejaba que se notara el enfado, sería como poner un cartel en Times Square diciendo que él y su pueblo seguían viviendo en la Edad Media.

Por eso, había decidido ignorarla.

Simpson le había asegurado que había hablado con ella para decirle que no se iba a encargar de aquel proyecto y le había dicho que era una mujer de lo más feminista.

A Caz no le gustaban nada aquellas mujeres de las que el mundo occidental estaba lleno pues no eran sumisas y agradables, no daban la bienvenida a su hombre de manera cariñosa cuando éste volvía del agotador mundo financiero y político en el que se ganaban y perdían imperios.

Aquellas mujeres eran agresivas, poco atractivas y poco femeninas.

A Caz no le gustaban y no las entendía. ¿Por qué quería una mujer comportarse como un hombre?

En cualquier caso, había aprendido a no subestimar sus conocimientos en el mundo de los negocios siempre y cuando siguieran las normas.

Si una mujer quería jugar en el mundo de los hombres, tenía que saber jugar como juegan los hombres.

Desde luego, amenazar con una demanda cuando se quería algo que no se ha prometido en ningún momento era algo que hacía una mujer, no un hombre.

Al llegar al despacho de Simpson, dejó a la señorita O'Connell sobre el sofá, se apartó de ella, se cruzó de brazos y la miró a los ojos.

Ella se quedó mirándolo a los ojos también. ¿Acaso no tenía vergüenza? ¿No se sentía culpable? Nadie lo miraba directamente a los ojos. ¡Nadie!

¿No se daba cuenta de quién era?

Por supuesto que sí, pero no le importaba.

Desde luego, era valiente.

También era guapa, femenina y atractiva.

—¿Quién demonios se cree que es usted? —exclamó Megan poniéndose en pie.

—Siéntese, señorita O'Connell.

—No me pienso sentar. No pienso tolerar que me trate así —contestó presa de la ira y yendo hacia la puerta—. No pienso quedarme en esta habitación con usted.

—He dicho que se siente —insistió Caz.

—¡Aquí usted no tiene ninguna autoridad! Bastaría con que gritara para que...

—¿Para qué? —sonrió Caz—. ¿Qué cree usted qué ocurriría, señorita O'Connell?

¿Cree que su jefe vendría en su ayuda después de las amenazas que ha vertido usted sobre nosotros?

—¿Qué amenazas? —quiso saber Megan cruzándose de brazos—. No sé de qué me habla.

Caz se dijo que tenía ante sí a una mujer dura de pelar, pero aquello no cambiaba nada porque aquella mujer estaba dispuesta a arruinar por su egoísmo los planes que él tenía para su país y para su pueblo y eso no lo iba consentir.

—No me haga perder el tiempo, señorita O'Connell. Su jefe me lo ha contado todo.

—¿De verdad? ¿Y qué le ha contado exactamente? A mí me ha dicho que usted no quiere trabajar con una mujer.

Caz no había dicho aquello, no exactamente. Él sólo había dicho que él status social de las mujeres en su país estaba en vías de desarrollo.

Simpson le había dicho que lo entendía, pero obviamente no había sido así y ahora la señorita O'Connell estaba decidida a demandarlos.

Claro que eso a Caz le daba igual porque su equipo jurídico haría trizas la demanda y, además, el hecho de que fuera mujer era secundario.

Lo realmente importante era que aquella

mujer quería hacerse con un trabajo que no era suyo pues las propuestas las había hecho un tal Fisher y, precisamente, porque el informe era realmente sublime Caz había decidido contratar a Tremont, Burnside y Macomb.

En cualquier caso, Caz no podía permitir que la señorita O'Connell arrastrara el nombre de Suliyam por el fango.

Llevaba cinco años preparando a su pueblo para el desarrollo, pero había muchas facciones contrarias al progreso que aprovecharían cualquier escándalo para dar al traste con el proyecto.

—¿Está usted sordo o es que no se va a dignar a hablar con una simple mujer? —le espetó Megan.

—Todo esto ha sido un error del señor Simpson por haber dejado que las cosas fueran demasiado lejos.

—¿Qué cosas?

—No se haga ahora la inocente porque lo sé todo, sé que quiere hacerse con la cuenta cuando usted sólo ha ayudado a confeccionar el informe.

—¿Ayudado? ¡El informe es mío!

—No mienta, señorita O'Connell.

—¡Maldita sea! —exclamó Megan enfurecida—. ¡Quítese ahora mismo de delante de la puerta o paso por encima de usted!

Caz se rió.

¡El muy canalla osó reírse!

A Megan le entraron ganas de abofetearlo, pero sabía que no podía hacerlo. Aquel hombre era increíblemente alto y fuerte.

—¿Es que acaso ésta es la manera en la que tratan a las mujeres en su país? —le espetó.

Megan observó cómo el jeque se sonrojaba y se felicitó por ello.

—¿O es que es la única manera que tiene de conseguir que las mujeres estén con usted, encerrándolas?

—Señorita O'Connell, está usted acabando con mi paciencia.

—Y usted, con la mía.

—Le aseguro que no pienso aguantar mucho más.

—Y yo le aseguro a usted que...

En ese momento, el jeque se acercó a ella, la agarró de los brazos y la levantó del suelo. Megan sentía sus manos en la piel y sus ojos...

¡Qué ojos! Fríos como el hielo. Estaba enfadado, enfurecido. Megan lo estaba viendo en su rostro y lo estaba percibiendo por su olor corporal.

Jamás había visto ni sentido tanta pasión en un hombre.

¿Cómo sería acostarse con él?

Aquel pensamiento la sorprendió porque jamás se preguntaba algo así de los hombres. A veces, bromeaba con sus hermanas, pero jamás se planteaba en serio cómo sería un hombre en la cama.

Y eso era exactamente lo que estaba haciendo en aquellos momentos.

—Déjeme en el suelo —le dijo con voz firme.

El jeque no la soltó inmediatamente sino que se quedó mirándola y Megan sintió que el corazón le daba un vuelco porque vio que algo había cambiado en su mirada y se dio cuenta de que a él le estaba pasando lo mismo que a ella, estaba pensando en lo mismo que ella.

Megan sintió que el corazón se le desbocaba.

—Esto no nos lleva a ninguna parte —declaró Caz dejándola en el suelo.

—Estoy de acuerdo.

—Cincuenta mil dólares.

—¿Qué?

—Cincuenta mil dólares, señorita O'Connell. Estoy seguro de que es una cantidad más que considerable para pagar el tiempo que ha invertido usted en el proyecto.

Megan se quedó mirándolo con los ojos muy abiertos.

—¿Está usted intentando sobornarme?

—Estoy intentando pagarle el trabajo que usted dice que ha hecho.

—¡Se cree que puede comprar mi silencio!

—Será mejor que no haga un melodrama de todo esto. Ha amenazado con dar al traste con un proyecto que es muy importante para mí y lo único que yo sugiero es que no lo haga —sonrió el jeque—. No llevo la chequera encima, pero déjeme su dirección…

—¡No estoy en venta, jeque Qasim! —se indignó Megan.

Caz se dio cuenta de que la señorita O'Connell había palidecido y se dijo que iba a ser más difícil tratar con ella de lo que había creído.

—¿Cuánto quiere? —le preguntó con frialdad.

—Ya le he dicho que no estoy en venta.

—Cien mil.

—¿Está usted sordo?

—Estoy harto de este juego, así que dígame cuánto quiere.

Ante aquellas palabras, la señorita O'Connell se rió. ¡Se rió! ¡De él! Y, a continuación, se dirigió hacia la puerta, sin parar de reírse, como si acabara de conocer a un lunático.

—Adiós, Alteza, ha sido interesante conocerlo.

—¿Cómo se atreve a reírse de mí? —aulló Caz agarrándola de los hombros y girándola hacia él.

—Quíteme las manos de encima ahora mismo.

—Es usted una ingenua, señorita O'Connell. ¿De verdad cree que puede amenazarme e irse tan tranquila?

Megan se miró en aquellos ojos llenos de hostilidad y pensó que aquél era el momento apropiado para decirle que había amenazado con demandarlos porque estaba furiosa, pero que en realidad no lo iba a hacer.

Aquello habría sido lo lógico, pero no era la lógica lo que imperaba precisamente en la mente de Megan en aquellos momentos.

Mientras recababa información para el informe, había leído que a las mujeres se las trataba con inferioridad en su país.

Ella era una mujer, una ciudadana de los Estados Unidos, y no pensaba dejar que aquel hombre la tratara mal.

—Le he hecho una pregunta.

—Y yo se la voy a contestar —dijo Megan—. Lo que creo es que es usted un tirano que está acostumbrado a que la gente lo trate como si fuera un dios y a tratar a los demás como si fueran de su propiedad.

—¡Basta! ¿Cómo se atreve?

—¿Quiere decir que cómo me atrevo a hablarle así siendo mujer? —le espetó Megan—. Claro, está alucinado de que una criatura que no vale nada a sus ojos se atreva a tratarlo así, ¿verdad? Supongo que usted cree que las mujeres sólo servimos para una cosa.

Caz sintió que la ira se apoderaba de él y se dijo que debía controlarse, pero... aquella mujer necesitaba una lección.

—Ya va siendo hora de que alguien le enseñe para lo que servimos las mujeres —dijo Megan.

—En eso estamos de acuerdo —contestó el jeque inclinándose sobre ella y besándola.

Fue un beso dominador, propio de un hombre acostumbrado a demostrar su fuerza y su poder para someter a las mujeres.

Megan intentó zafarse de él y, al no conseguirlo, le mordió el labio inferior. Entonces, el jeque la empujó contra la pared y la apretó contra su cuerpo.

Y, entonces, todo cambió.

A Megan le pareció que el mundo se había parado y lo único que sentía era su boca en los labios y sus manos en los hombros, en el cuello y en el pelo.

Abrió la boca y lo dejó entrar, dejó que su lengua se apoderara de ella y de sus sentidos. El jeque dijo algo en un idioma que ella no entendió, pero daba igual porque entendía perfectamente lo que estaba sucediendo.

Entendía lo que él quería y lo que ella quería.

Caz la besó con pasión y ella le pasó los brazos por el cuello mientras él le acariciaba la espalda y llegaba a sus nalgas, de las que también tomó posesión y contra las que apretó su erección...

En ese momento, llamaron a la puerta.

Caz se apartó de ella y se miraron a los ojos con la respiración entrecortada.

Volvieron a llamar a la puerta.

Caz tardó todavía varios segundos en darse cuenta de que era Hakim.

¿Qué demonios le había sucedido?

Se había dejado seducir por una mujer demasiado inteligente que, tal vez, creía que acostándose con él iba a conseguir el trabajo que quería o, quizás, quería ir todavía más allá y aprovechar los últimos minutos en su compañía para acusarlo de violación.

La señorita O'Connell se había quedado mirándolo con sus ojos verdes muy abiertos y parecía confundida.

Desde luego, era una actriz excelente.

—Gracias por ofrecerme sus servicios, pero no estoy interesado —sonrió Caz.

—¡Cerdo arrogante! —exclamó Megan levantando la mano para abofetearlo.

Pero el jeque fue más rápido y le agarró la muñeca.

—¡No me vuelva a tocar jamás!

—Es la primera vez que me gusta lo que dice —sonrió Caz soltándola y yendo a abrir la puerta—. ¿Qué ocurre, Hakim?

—Sólo venía a recordarle la cita que tiene para el almuerzo —contestó el sirviente.

—Muchas gracias —dijo Caz girándose hacia Megan, que estaba mirando por la ventana—. Esta noche pasará una persona por su casa para dejarle lo que hemos hablado.

Megan apretó los puños dentro de los bolsillos y no contestó.

—¿Me va a dar usted su dirección o se la pido a su jefe?

Megan permaneció en silencio.

—¿Señorita O'Connell?

—Fuera de mi vista —contestó Megan girándose hacia él.

Caz dio un respingo y Hakim dio un paso al frente.

—No —le dijo su amo poniéndole una mano en el hombro.

—Pero señor...

—Es estadounidense —le explicó el jeque.

—Por supuesto que lo soy —intervino Megan—. Cerdo.

Caz sonrió como si le hubiera hecho un cumplido.

—Adiós, señorita O'Connell. Esta noche

alguien de mi séquito irá a su casa —insistió acercándose a ella y viendo pánico en sus ojos—. Por su bien, espero que no nos volvamos a ver —concluyó en voz baja.

Dicho aquello, giró sobre sus talones y salió de la habitación seguido por su sirviente.

Megan respiró aliviada y se sentó en una butaca. El príncipe del desierto se había ido, estaba fuera de su vida.

Gracias a Dios.

Capítulo tres

MEGAN salió del trabajo a las seis y media, casi una hora más tarde de lo normal, convencida de que sus amenazas de aquel día, tanto a Simpson como al jeque, le iban a costar el trabajo.

En la calle llovía y hacía viento, así que corrió hasta su coche y lo puso en marcha. Los demás vehículos sólo eran manchas de colores.

Un rato después, sonó el teléfono móvil.

—¿Sí?

—¿Megan?

—Sí —contestó.

Era una voz masculina, pero no la identificaba.

—Soy… Frank.

—¿Frank?

¿Y para qué la llamaba? ¿Por qué parecía aterrorizado?

—Sí, mira, siento molestarte, pero… eh… verás, ¿ha hablado Simpson contigo?

—Sí, ha hablado conmigo. Estoy al corriente de todo.

Frank Fisher era un hombre muy inteligente, pero muy blando. Desde luego,

Simpson había elegido bien. Evidentemente, Frank jamás se negaría a robarle el trabajo a una compañera porque era cobarde.

Mientras hablaban, Megan oyó un pitido y miró por el espejo retrovisor. Llovía mucho y no podía distinguir la cara del conductor, pero se trataba de un coche deportivo.

«El típico idiota de Los Ángeles», pensó.

—Me alegro de que me llames, Frank, porque aunque tus disculpas no cambian nada…

—¿Disculpas? Eh, bueno, sí, claro… Verás, en realidad, yo te llamaba porque… estaba leyendo tu informe… mi informe… el informe…

—Vete al grano, Frank, por favor. ¿Qué quieres?

—Hay un par de cosas que no entiendo —confesó Frank por fin.

Unos minutos después, Megan se dio cuenta de que no eran un par de cosas sino multitud de cosas.

Por ejemplo, todas las sugerencias que había hecho para que el jeque pudiera llevar adelante sus planes de inversión.

—El jeque ya es rico, ¿no?

—Muy rico —contestó Megan.

—Y ya están explotando el petróleo que tienen en Suminan, ¿no?

—Suliyam, sí, pero, tienen más y también

hay minerales en las montañas…

¿Y qué estaba haciendo ella explicándole a aquel idiota todo para sacarlo del atolladero? El pobre era un imbécil mental. ¿Por qué tenía que ayudarlo?

Maldición, el idiota de atrás había vuelto a pitar.

—¿Qué quieres? —gritó Megan mirando enfadada por el retrovisor.

—Necesito respuestas, Megan.

—No estaba hablando contigo, Frank.

—Me da igual, pero yo necesito respuestas —insistió Frank atemorizado—. Y pronto porque tengo una reunión con el jeque… con mi cliente en menos de una hora y ya te he dicho que me he leído la propuesta por encima y…

—Y no entiendes nada —concluyó Megan desconectando el teléfono con fuerza.

El teléfono volvió a sonar, pero no lo contestó. Cuando volvió a sonar, lo agarró y lo arrojó al asiento de atrás.

Ahora entendía por qué su jefe no la había despedido.

La necesitaba.

Pretendía que se quedara en Los Ángeles soplándole todo a su sustituto para que Frank se llevara los laureles.

—De eso nada —dijo en voz alta.

¿Qué les ocurría a los hombres? En un

solo día, tres de ellos habían intentado pisotearla: Simpson, Fisher y el jeque.

No había que olvidarse del jeque.

La había besado, sí, ¿y qué? Sólo había sido un beso. Era cierto que besaba muy bien, pero aquello no era ninguna sorpresa porque seguro que había besado a millones y millones de mujeres.

Sí, seguro que eso era lo único que hacía, hacerles el amor a las mujeres, dar órdenes a sus lacayos, contar su dinero e inventar maneras de ganar más.

¿Qué otra cosa iba a hacer con su vida un príncipe del desierto increíblemente guapo y rico?

¡Y pensar que el muy canalla había creído que la podía comprar!

En ese momento, el idiota de atrás volvió a pitar.

—¡Adelántame ya, imbécil! —exclamó Megan bajando la ventanilla y haciéndole el gesto universal del dedo corazón en alto.

Jamás había hecho una cosa sí, pero se sintió de maravilla.

El conductor del deportivo volvió a pitar, la adelantó a toda velocidad y se perdió de vista.

—¿Tanta prisa tienes para llegar al infierno? —estalló Megan.

A continuación, subió la ventanilla, miró la

carretera y le deseó lo peor a su jefe, al jeque, a Frank Fisher y al idiota del Lamborghini.

Los conductores californianos eran malísimos.

Caz había estado a punto de echar al del Volkswagen al arcén, de sacarlo de la pechera y de decirle que hacer semejante gesto a un desconocido no era una buena idea.

El cretino había tenido suerte porque tenía prisa.

Mientras conducía a toda velocidad, que era una de las pocas cosas que lo tranquilizaba en la vida, se acordó de su madre.

Siempre que estaba en California pensaba en ella pues había abandonado a su padre cuando él tenía diez años y se había vuelto a vivir allí, donde había nacido.

Había muerto cuando Caz tenía doce y aquellos dos veranos los había pasado con ella.

—¿No vuelves a casa conmigo, mamá? —le había preguntado al acabar ambas vacaciones.

A lo que su madre había contestado con un fuerte abrazo prometiéndole que iría pronto, pero jamás lo hizo.

La había odiado por ello durante un tiempo, pero a los trece o catorce años Hakim le había contado que su madre había abandonado a su padre porque odiaba vivir en Suliyam.

Su padre, sin embargo, le había contado que su madre había vuelto a su amada California temporalmente porque estaba enferma y la tenían que tratar.

Todo mentira.

La verdad era que su madre había abandonado a su marido, su país de adopción y a su hijo.

Caz frunció el ceño y se cambió de carril.

Todo aquello había ocurrido hacía más de veinte años, así que era agua pasada.

Tenía cosas más importantes en las que pensar.

Caz suspiró y se dio cuenta de que estaba muy alterado. Tenía que tranquilizarse. ¡Y la culpa la tenía aquella mujer!

Se dijo que, en cuanto volviera a su país, iba a tener que operar ciertos cambios que no iban a gustar a ciertos sectores conservadores de la nación, pero uno debía incluir los derechos de las mujeres si quería que su país fuera un país el siglo XXI.

Sólo esperaba que las mujeres de su nación no se convirtieran en Megan O'Connell. No, no quería pensar en ella. Ya había perdido suficiente tiempo haciéndolo.

Desde luego, aquel día había sido un desastre.

Pero no pudo evitar recordar aquellos ojos, aquella boca y aquel cuerpo hecho para dar placer.

—Maldita sea —dijo Caz en voz alta, acelerando.

Debía concentrarse en la reunión que tenía aquella noche. Eso era lo que había querido hacer todo el día, pero en lugar de poder hablar con el hombre que había escrito aquel informe con aquellas propuestas tan excelentes había tenido que aguantar a todos aquellos idiotas haciéndole la pelota.

Tenía que soportar que sus súbditos insistieran en tratarlo como si fuera un dios porque era la tradición, la misma tradición que no había cambiado en siglos y que le iba a poner las cosas difíciles a la hora de desarrollar sus planes porque algunos de sus consejeros no habían visto con buenos ojos que abriera el país a la inversión extranjera.

La tradición también le decía que era imposible que una mujer viajara con él a Suliyam en calidad de asesora financiera.

Se lo había dicho a Simpson desde el principio porque, a pesar de que él sabía que había mujeres brillantes y cultas en el mundo occidental, su país no estaba preparado para un cambio tan brusco.

Seguramente, ésa había sido una de las razones por las que el matrimonio de sus padres había fracasado.

Obviamente, eso no se lo había contado a Simpson, a él solamente le había dicho que era imposible trabajar con una mujer.

El tal Simpson no le había caído muy bien, pero había hecho bien su trabajo pues la propuesta que le había dado era maravillosa, todo lo que Caz esperaba y buscaba.

Tres meses atrás, había encargado un informe a tres empresas diferentes y, nada más verlos, supo que uno de ellos, el de Tremont Burnside and Macomb, era mucho mejor que los demás.

Había encontrado a su hombre.

Simpson era un incordio, pero Frank Fisher era un genio, un hombre lógico, metódico y pragmático.

Todo lo contrario a Megan O'Connell.

Aquella mujer era una criatura que se dejaba llevar por el temperamento y la pasión, pruebas más que suficientes de que era imposible que ella fuera la autora del informe.

Caz estaba seguro de que aceptaría el dinero que le iba a hacer llegar. Tener que pagar por su silencio lo enfurecía, pero comprendía que no tenía más remedio.

Eran casi las siete y había quedado con Fisher para cenar porque quería conocerlo cuanto antes pues quería ver si eran compatibles para trabajar juntos.

Cabía siempre la posibilidad de que se sintiera intimidado ante él y, entonces, las cosas no funcionarían.

Desde luego, Megan O'Connell no se había sentido intimidada en su presencia. Lo había tratado como si fuera un hombre y no un príncipe y lo había besado.

Ya bastaba.

Debía olvidarse de aquella mujer y concentrarse en la reunión, la reunión que le había costado cierto trabajo conseguir porque Simpson había insistido en que le iba a ser difícil localizar a Fisher a aquellas horas y que ya se conocerían al día siguiente en el avión que había de llevarlos a Suliyam.

Desde luego, un hombre desconfiado habría creído que Simpson no quería que Caz conociera al autor del informe hasta que fuera demasiado tarde, pero aquello era ridículo.

Todo estaba en orden ahora que habían desenmascarado a la mentirosa de Megan O'Connell.

Desde luego, aquella mujer tenía talento, pero para otras cosas que no eran las finanzas.

¿Por qué la había besado?

A pesar de que los periódicos lo tildaban de playboy, Caz jamás se acostaba con una mujer que no le gustara y a la que no encontrara interesante e inteligente y, aunque Megan era las dos últimas cosas, desde luego no le gustaba.

Aquella mujer era una mentirosa y no pensaba acostarse con ella.

Caz murmuró una palabra que no había aprendido en Suliyam sino en la universidad estadounidense en la que había estudiado y se dio cuenta de que había llegado al pequeño restaurante en el que había citado a Fisher.

Se trataba de un local pequeño y discreto al que solía ir siempre solo para disfrutar de una cena tranquila pues nadie lo reconocía.

Era el sitio perfecto para conocer al hombre que había escrito aquella propuesta tan maravillosa.

Aparcó el Lamborghini detrás del restaurante y se dijo, con alivio, que jamás volvería a ver a Megan O'Connell.

Capítulo cuatro

AL llegar a casa, Megan vio que la luz roja del contestador parpadeaba, pero la ignoró.

No quería hablar con nadie pues había tenido un día horrible y quería olvidarse de todo y de todos.

Tras desnudarse y soltarse el pelo, se metió en un baño de espuma con aceite de limón y, por primera vez en aquel día, se sintió humana.

Media hora después, ataviada con unos viejos pantalones de chándal, se dirigió a la cocina para prepararse algo de comer.

Consultó el contestador y vio que tenía cuatro mensajes, pero le dio igual porque no pensaba hacer absolutamente nada, ni siquiera alisarse el pelo porque al día siguiente era sábado y no tenía que presentarse en la oficina.

Seguramente, el lunes estaría despedida.

Abrió el frigorífico, tomó una zanahoria y le dio mordisco.

Y todo por culpa del jeque.

—El muy canalla —susurró tirando la zanahoria a medio comer a la basura.

Tenía que dejar de pensar en él, tirarlo al cubo de la basura junto a la zanahoria, había llegado el momento de olvidar aquel día tan espantoso.

Pero lo cierto era que había dejado que la besara. Claro que la gente reaccionaba de manera extraña cuando estaba sometida a mucha presión y, desde luego, aquel día había sido un día muy tenso.

Debía concentrarse en algo positivo, como por ejemplo la cena. Excelente idea. Estaba muerta de hambre porque ni había desayunado ni había comido por culpa del jeque.

Le apetecía algo casero que la reconfortara, pero cuando abrió el frigorífico sólo encontró yogur bajo en calorías y queso sin grasa.

Maldición.

No quería nada «light», sino algo calórico como el pudín de arroz de su madre o un buen plato de macarrones con queso.

Suspiró, cerró la puerta de la nevera y se apoyó en ella. No tenía macarrones en la despensa y su madre estaba a cientos de kilómetros, en Las Vegas, lo que por otra parte era positivo porque a ver cómo le explicaba que necesitaba un trozo de su pudín de arroz porque había dejado que un hombre al que despreciaba la besase.

¿Acaso iba a dejar que aquello le arruinara

el fin de semana?

No, por supuesto que no.

Algo de comida tailandesa del local que habían abierto en la esquina hacía un par de semanas sería una cena estupenda.

Habían dejado publicidad en todos los buzones de la zona. ¿Dónde la habría puesto? Ah, sí, era un imán que estaba pegado en la puerta de la nevera, claro.

Sopa de leche de coco, pollo a la tailandesa y arroz.

Megan sonrió encantada por primera vez en todo el día y se dirigió al teléfono, pero en ese momento llamaron a la puerta.

¿Quién demonios sería en una noche tan fría y lluviosa?

Se le borró la sonrisa de la cara al pensar que sería el emisario del jeque con su maldito cheque.

Volvieron a llamar.

Obviamente, el emisario estaba impaciente.

Ella también.

¿Cuántas veces tenía que decirle que no a aquel hombre?

Probablemente, sería Hakim el de los ojos llenos de odio.

El príncipe necesitaba una lección y ella se la iba a dar. Con eso en mente, fue hacia la puerta.

—¿Cumpliendo con los deseos de su amo, Hakim? —lo increpó al abrir—. Mire, le voy a decir por dónde se puede meter su jeque el dinero…

—Vaya, qué bonito recibimiento —contestó el jeque en persona.

—¿Qué hace usted aquí?

—De momento, mojándome bajo la lluvia.

—¿Cómo ha conseguido mi dirección?

—Estaré encantado de contestar a todas sus preguntas, señorita O'Connell, pero no bajo el agua.

Megan estuvo a punto de estallar en carcajadas al comprobar que el canalón que tantas veces le había pedido a su casero que arreglara estaba vaciando su contenido sobre la cabeza del jeque.

—Eso le pasa por presentarse aquí sin avisar —le dijo—. ¿Qué pasa, no confiaba en su hombre de confianza para que trajera el dinero?

—Malinterpreta usted por completo a Hakim.

—Y usted me ha malinterpretado a mí también porque no estoy dispuesta a aceptar su soborno.

—No he venido a ofrecerle dinero.

—Y yo no pienso invitarlo a entrar, así que adiós porque no tenemos nada más de lo que hablar.

—Claro que tenemos cosas de las que hablar.

—Se equivoca. Es tarde y no tiene usted absolutamente nada que decirme que pueda interesarme.

—Estoy de acuerdo en lo de que es tarde, pero, ¿qué le parecería si le dijera que me he equivocado?

—¿Cómo?

Caz tomó aire.

—Creo que me he equivocado al juzgarla —admitió—. ¿Le importaría dejarme pasar a su casa antes de que me agarre una pulmonía?

Megan se preguntó qué habría sucedido y se dijo que sólo había una manera de averiguarlo, así que dio un paso atrás y lo dejó pasar.

—Tiene usted cinco minutos.

—Gracias.

Aquel «gracias» había sido tan sincero como el que le daba una cobra a un ratón por cenar con ella.

¿En qué demonios estaba pensando dejando entrar a aquel hombre en su casa?

—Bueno, ¿qué ha pasado para que crea que me ha juzgado erróneamente? —le espetó nada más llegar al salón cruzándose de brazos ante él.

—He cenado con Frank Fisher.

—¿Y qué ha pasado? ¿Se ha tomado los huevos con cuchillo?

El jeque dio un paso hacia ella, pero Megan no se movió.

—Le advierto que no estoy de buen humor —le dijo muy serio Caz.

—Me alegro porque yo tampoco. ¿Acaso la cena ha ido mal?

—Fue bien hasta que empezamos a hablar de la propuesta —contestó el jeque—. El señor Fisher intentó cambiar de tema.

—No me extraña.

—He insistido y lo único que he conseguido ha sido que se fuera al baño una y otra vez.

—A lo mejor la cena no le estaba sentando bien.

—Era más bien la conversación lo que no le estaba sentando bien. La última vez que se ha levantado de la mesa, lo he seguido y me he dado cuenta de que iba al teléfono —le explicó mirando el contestador de Megan—. Pero la persona con la que estaba intentando hablar no estaba en casa o no quería atender sus llamadas.

—¿Por qué no vamos directamente al grano, jeque Qasim? Usted quería hablar de la propuesta con Frank y él no porque no puede ya que no tiene ni idea.

—Correcto. Al final, ha terminado confesando que la propuesta la ha escrito usted y que Simpson le había prometido que usted le daría toda la información que necesitase.

—Eso no va a suceder porque no pienso seguirles el juego.

—Ya lo he visto.

—Así que, cuando Frank le ha contado la verdad, se ha dado cuenta de que tenía un grave problema entre manos, ¿eh? Se encuentra con que tiene un complejo plan al que enfrentarse y nadie que lo entienda.

—Así es.

—Frank aprende muy rápido —sonrió Megan con frialdad—. No creo que le cueste más de dos o tres años enterarse de todo.

—A usted todo esto le debe de parecer muy divertido —dijo Caz con más frialdad todavía—, pero lo cierto es que yo vuelvo mañana a mi país y a Frank no le va a dar tiempo de enterarse de nada.

—Y quiere que yo lo salve.

Caz apretó los dientes.

—Sí.

Megan sonrió.

—No.

—¿Cómo que no? Su empresa se ha encargado de la propuesta, tenemos un contrato.

—Sí, y también tiene a Frank Fisher, así que ya está todo dicho —dijo Megan avanzando hacia la puerta—. Buenas noches, jeque.

Pero Caz la agarró del brazo y la giró hacia él.

—Muy bien, ya basta, ya he soportado suficiente.

—Yo también —contestó Megan furibunda—. Si cree usted que voy a seguirles el juego a Simpson y a usted, que me voy a quedar aquí sentadita en Los Ángeles pasándole la información a Frank…

—Frank ya no tiene nada que ver en todo esto.

—¡Eso dígaselo a Simpson!

—Ya se lo he dicho. Ha sido él quien me ha dado su dirección.

—En cualquier caso, no pienso dejar que Frank utilice mi trabajo, mis ideas y mi…

—¿Le importaría callarse un momento? ¡He venido a ofrecerle a usted el trabajo!

Por primera vez desde que la había conocido, Megan O'Connell se había quedado sin palabras.

—¿El trabajo?

—Sí, el puesto de asesora financiera que usted quería. ¿Acepta? Seguiría trabajando para su empresa, pero yo añadiría un suculento extra.

—¿De verdad?

Caz mencionó una cifra y Megan se alegró de que la tuviera todavía sujeta del brazo porque, de lo contrario, se habría caído al suelo.

—¿Le parece suficiente, señorita O'Connell?

No era que le pareciera suficiente sino completamente desorbitado, pero, por supuesto, no se lo iba a decir.

—Me ofrecía usted mucho más cuando creía que me podía comprar —faroleó.

Qasim asintió.

—Muy bien, cien mil dólares. ¿Estamos de acuerdo?

—Sí —contestó Megan como si ganara aquella cantidad todos los días.

—Bien —dijo el jeque—, sólo hay un problema.

—¿Qué problema?

—El status de las mujeres en la cultura de mi país.

—Querrá usted decir el status de las mujeres a sus ojos.

—No, no es eso a lo que me refería.

—Es usted de Suliyam, ya lo ha dejado claro esta mañana. ¿No es usted el monarca supremo de sus súbditos? Cambie las normas.

—¡No es tan fácil!

—Si quiere que lo ayude, va a tener que aceptar el hecho de que soy mujer.

57

¿Aceptarlo? Pero si lo tenía más que aceptado, sobre todo en aquellos momentos, estando tan cerca de ella que percibía cierta fragancia a limón.

—Lo siento, pero no puedo cambiar la tradición de mi país de un día para otro.

—Entonces, ¿cómo me ofrece el trabajo?

Caz sabía que lo que le iba a decir no le iba a gustar.

—Sólo hay una solución. La reconoceré abiertamente dentro de su empresa como mi asesora personal, pero seguiremos el plan original de Simpson y será Frank el que viaje conmigo a Suliyam mientras que usted se quedará aquí y…

—No.

—Le ofrezco el doble de dinero.

—No.

—Señorita O'Connell…

Megan se cruzó de brazos.

—Me parece que tiene un grave problema con la palabra no. No parece entenderla.

—La entiendo perfectamente. Es usted la que no entiende que son circunstancias especiales.

—Lo que usted está pidiendo es que lo ayude a perpetuar una mentira.

—Sería más fácil que mi pueblo aceptase las propuestas si fuera Frank quien las hiciera.

—¿Ah, sí? ¿Y qué pasará si Frank tiene que correr al baño cada vez que se le pregunte algo?

Caz también había pensado en ello y la posibilidad no le gustaba nada.

—Todo depende de usted, Alteza. Yo o nadie.

Caz sabía que no tenía opción.

—¿Y bien? ¿Me lleva con usted a Suliyam o no?

—No sabe dónde se mete —contestó Caz.

—¿Eso es un sí?

—Le advierto que va a tener que acatar ciertas normas que no le van a gustar.

A Megan le entraron ganas de alzar los puños en actitud victoriosa, pero consiguió controlarse y sonreír educadamente.

—Por ejemplo, no podrá andar a mi lado en público.

A Megan le entraron ganas de reírse.

—No hay problema —contestó sin embargo.

—No podrá hablar conmigo directamente cuando haya otras personas delante. Tendrá que dirigirse a Hakim y él me repetirá sus comentarios.

—Muy bien —mintió Megan.

Cuando estuvieran en Suliyam ya le demostraría lo equivocado que estaba si creía que podía mantener a una mujer viviendo en la Edad Media.

—Hay otra cosa…

—¿De qué se trata?

—En realidad, es un problema mío personal, no suyo.

—¿Me lo va a contar o no?

Caz la agarró de los hombros y se inclinó sobre ella y Megan se dio cuenta de lo que iba a suceder.

—Voy a tener que buscar la manera de dejar de besarla —le dijo atrapando sus labios.

Capítulo cinco

SU boca era cálida como el sol y dulce como las flores que crecían en los jardines de su palacio.

Y receptiva.

Muy receptiva.

Qasim sintió como si se hundiera en el beso.

En aquella ocasión, Megan no fingía. Era obvio que lo deseaba tanto como él a ella. Le había pasado los brazos por el cuello y lo abrazaba con fuerza de manera que sus pechos estaban en estrecho contacto con su torso y sus muslos se rozaban peligrosamente contra sus piernas.

El mundo desapareció y Qasim murmuró su nombre y le acarició los rizos pelirrojos. A continuación, le echó la cabeza hacia atrás y comenzó a besarla por el cuello.

Megan gimió de placer y, cuando Qasim volvió a buscar su boca, adelantó la pelvis en busca de su erección.

Entonces, fue Qasim el que gimió de placer y el que deslizó las rodillas entre las piernas de Megan y se aferró a sus nalgas.

Podría poseerla en aquel mismo instante y

mandar el mundo real a freír espárragos.

—Por favor —suplicó Megan—. Por favor…

Qasim deslizó las manos bajo su camiseta y encontró su piel desnuda, percibió la tersura de terciopelo de sus pechos y el delicado endurecimiento de sus pezones.

Y siguió acariciándola hasta que el timbre del teléfono los interrumpió. Entonces, se quedaron mirándose con los ojos muy abiertos y la respiración entrecortada.

Qasim se dio cuenta de que era su teléfono móvil, se lo sacó del bolsillo y maldijo antes de contestar.

—¿Qué? —ladró.

Era Hakim para hablar de los preparativos del vuelo del día siguiente. A Qasim las palabras no le decían nada, sólo podía pensar en la mujer que tenía a su lado y en lo que habría ocurrido si el teléfono no hubiera sonado.

Le habría hecho el amor a una mujer a la que apenas conocía y de la que no se fiaba.

Se dio cuenta de que ella estaba igual de sorprendida porque estaba pálida. La vio tragar saliva y darle la espalda.

¿Estaba temblando?

Hakim seguía hablando y Qasim se preguntó qué ocurriría si se llevase a Megan con él. Sería una distracción que no se podía permitir, pero tampoco se podía permitir no llevarla porque su país necesitaba sus propuestas para cambiar.

—Ha habido un cambio de planes, Hakim. El señor Fisher no va a venir con nosotros. Manda un coche mañana a recoger a la señorita O'Connell.

—¿Se va a llevar usted a esa mujer?

—Sí.

—Pero una mujer...

—El coche tiene que estar en su casa a las siete en punto.

—Pero mi señor...

—No cuestiones mis órdenes —dijo Qasim poniéndose serio.

Ésa era una de las cosas que quería cambiar para que su país mejorara, pero en aquellos momentos le venía bien que, según la tradición de Suliyam, sus deseos fueran leyes.

—No, señor, por supuesto que no —contestó Hakim.

—Además, vas a tener que encargarte de unas cuantas cosas más —le dijo enumerándolas.

—Muy bien, me aseguraré de que todo esté en orden.

—No lo dudo y...

—Dile que no se moleste.

Qasim se giró y se encontró con que Megan lo estaba mirando enfurecida.

—Cállate —le dijo en voz baja.

—Dile a tu lacayo que no voy a necesitar nada para el viaje y que…

—¡Silencio! —la interrumpió Qasim agarrándola de la muñeca.

—¡No me hables así! No soy uno de tus criados y no acepto tus órdenes.

Qasim le tapó la boca con la mano y Megan lo mordió, pero Qasim fue capaz de terminar la conversación con Hakim en un tono de voz normal.

Tras colgar el teléfono, soltó a Megan.

Al instante, cuando la vio ir hacia él con los puños en alto, se dio cuenta de que había sido un error.

—¡Eres un bastardo insufrible!

—Estaba hablando por teléfono —se excusó Qasim con frialdad—. Cuando esté hablando, no me interrumpas.

—Estabas dando órdenes y yo interrumpo cuando me da la gana —contestó Megan enfadada.

—A mí no me puedes interrumpir cuando te dé la gana, a ver si te enteras —le advirtió Qasim apretando los dientes.

—Aquí el que tiene que enterarse de las cosas eres tú. Por ejemplo, ya puedes ir llamando otra vez a tu criado para decirle que no necesito nada de lo que le has dicho que me compre.

Qasim la miró con las cejas enarcadas.

—¿No vas a necesitar un ordenador portátil?

—No, ni tampoco la impresora y el fax porque no voy a ir contigo.

—Claro que vas a venir conmigo.

—No, de eso nada. Preferiría irme antes a la selva con Tarzán que a… un montón de arena con alguien como tú.

Qasim dio un paso hacia ella.

—No te permito que hables así ni de mi país ni de mí

—¡Yo hablo de lo que me da la gana y como me da la gana y, como me vuelvas a tocar, me pongo a gritar!

Qasim estaba convencido de que lo haría y no se lo podía permitir porque sería otro bonito titular en los tabloides.

—Escúchame, Megan. Si me tratas sin respeto, vas a arruinar lo que estoy intentando hacer.

—¿Y qué es lo que estás intentando hacer? ¿Ser todavía más odioso de lo que ya eres?

—Además, te pondrás en peligro porque mi pueblo jamás tolerará semejante comportamiento hacia mí, sobre todo por parte de una mujer.

—Entonces, me alegro de no conocer a tu pueblo jamás.

Qasim apretó los dientes.

—Tenemos un acuerdo y vienes a Suliyam conmigo.

—¡Ni lo sueñes!

—Mi coche vendrá a recogerte a las siete en punto —insistió Qasim.

—Tu coche se quedará ahí aparcado y se oxidará antes de que yo me suba a él. Tendría que estar loca como mujer para irme contigo.

—¿Es eso lo que eres? ¿Una mujer?

—¿Qué significa eso?

—Solamente quiero saber con quién me las estoy viendo. No hace mucho has dicho que eras una profesional, una persona preparada académicamente.

—No te entiendo.

—Pues es muy fácil, lo que te estoy diciendo es que te escudas en tu identidad de mujer cuando te conviene.

—¡Eso no es cierto!

—¿Ah, no? Esta mañana insistías en ser juzgada por tus méritos y no por tu sexo.

—Aparentemente, eres incapaz de hacerlo.

—¿Estás diciendo que lo que ha sucedido entre nosotros no ha sido mutuo?

Megan se sonrojó de pies a cabeza, pero no apartó la mirada.

—No pienso ir contigo y no tengo nada más que decir.

—Estás haciendo una montaña de un

grano de arena porque lo que ha ocurrido entre nosotros no ha sido más que un error.

—Estoy completamente de acuerdo y, en lo que a mí respecta, un error que no se va a volver a repetir ni en un millón de años.

—Muy bien, en eso también estamos de acuerdo, así que mañana te vienes conmigo.

—Antes…

—Sí, sí, ya lo sé. Preferirías irte con Tarzán de la selva, pero se da la casualidad de que con él no tienes ningún contrato firmado.

—Contigo tampoco.

—¿Cómo que no? Tenemos un contrato verbal y lo sabes —sonrió Qasim—. Si quisiera, podría denunciarte y tendrías que cumplirlo.

—Jamás me denunciarías —sonrió también Megan—. No te vendría bien.

—¿Cómo que no? Me vendría de perlas. Intenté contratar a una mujer y ella se negó porque la responsabilidad del proyecto la superaba.

—A tu pueblo no le haría ninguna gracia que hubieras intentado contratar a una mujer.

—Mi pueblo creería lo que yo le contara y yo les diría que la prensa miente.

—Entonces, yo llamaría a todos los periódicos y les diría lo que ha ocurrido en realidad.

—En ese caso, yo también los llamaría y les contaría lo que acaba de pasar en esta habitación. No creo que le hiciera mucho bien a tu carrera, ¿no?

Dicho aquello, volvió a sonreír. ¡Cuánto odiaba Megan aquella sonrisa! Le hubiera encantado borrársela de la cara de un bofetón, pero sabía que aquello no cambiaría el hecho de que el jeque tenía razón.

—Te odio.

—Una pena, porque yo quería que encabezaras mi club de fans —sonrió Qasim—. Tu jefe me ha puesto entre la espada y la pared, Megan. Te guste o no, el trabajo es tuyo.

Megan lo miró a los ojos. Qasim no desvió la mirada. La tenía atrapada y lo sabía.

—¿Cuánto tiempo tendría que estar en Suliyam?

Qasim pensó en contarle la verdad, pero decidió que no era lo más inteligente. No creía que a Megan le gustara escuchar que podía ser expulsada de Suliyam en un día si las cosas no iban bien o que podría pasarse allí meses si todo salía a pedir de boca.

—No lo sé —contestó sinceramente.

—Una semana.

Qasim se encogió de hombros.

—Estaré, como mucho, dos semanas. ¿Te parece bien?

—Sí, queda claro que quieres quedarte como mucho dos semanas —contestó Qasim jugando con sus palabras para cubrirse las espaldas.

—¿Nos tenemos que ir mañana? Necesito un poco más de tiempo para hacer algunas cosas.

—¿Para qué? —preguntó Qasim con un nudo en el estómago—. Si te crees que voy a retrasar mis planes para que te puedas despedir de tu novio…

—Tengo familia —lo interrumpió Megan con frialdad—. Quiero decirles adónde me voy.

—Los puedes llamar desde el avión —dijo Qasim aliviado.

Lo cierto era que no era asunto suyo que tuviera novio o no. Por él, podía tener veinte, siempre y cuando no entorpecieran su trabajo.

—¿Alguna otra pregunta?

A Megan le entraron ganas de reírse a carcajadas porque tenía un millón de preguntas, pero ya era demasiado tarde para hacerlas porque había aceptado el trabajo.

—No, de momento no —contestó educadamente.

—Una última cosa. Tenemos que hablar de la ropa que debes llevar…

—Ya soy mayorcita y no hace falta que me

digas lo que tengo que meter en la maleta.

Desde luego, aquella mujer era guapa, cabezota y valiente y, desde luego, no le impresionaban sus títulos ni su riqueza.

No era de extrañar que la encontrara deseable.

Era completamente diferente a las mujeres con las que había estado. Siempre habían sido mujeres impresionantemente bellas e inteligentes porque, a pesar de lo que Megan creyera de él, Qasim siempre buscaba mujeres inteligentes.

Sin embargo, ninguna mujer le había llevado nunca la contraria ni le había hablado con tanta sinceridad.

Daba igual de qué nacionalidad fueran, siempre estaban deseando complacerlo.

Megan O'Connell, no.

Por supuesto, por eso se sentía atraído por ella. Saberlo no cambiaba las cosas, pero le haría mucho más fácil resistirse.

—Lo que te iba a decir es que en el desierto hace mucho frío por la noche y mucho calor durante el día —le explicó tendiéndole la mano—. Por una colaboración fructífera, señorita O'Connell —le dijo.

Estaba seguro de que Megan también había sentido la descarga eléctrica que le había ido directamente a la entrepierna.

—Por una colaboración que termine pronto, jeque Qasim.

Su expresión era insolente y a Qasim se le pasó por la cabeza tomarla entre sus brazos y hacerla cambiar de parecer, pero no se dejó llevar por la locura.

—Buenas noches, Megan.

—Buenas noches, Qasim.

Qasim enarcó las cejas, pero no dijo nada.

Una vez a solas, se rió. Desde luego, aquella mujer era dura de pelar. Llamarlo por su nombre de pila, sin títulos honoríficos ni nada, era su manera de dejarle claro que no estaba impresionada.

Mientras ponía el coche en marcha, se dijo que las semanas que tenía ante sí iban a ser interesantes, pero que no iban a durar para siempre.

Algún día, se encontrarían en otras circunstancias, él como hombre y ella como mujer y entonces la llevaría a su cama y la mantendría allí hasta que Megan suplicara y ambos saciaran su apetito.

Mientras se alejaba, se prometió que algún día tendría todo lo que quisiera de Megan O'Connell.

Pero todavía no era el momento.

Capítulo seis

QUÉ se llevaba una a un país que seguía siendo un misterio para el resto del mundo?

Megan llamó a Briana, pero su hermana no estaba en casa, así que le dejó un mensaje en el contestador.

Entonces, sola ante el peligro, abrió su armario y se sentó en el borde de la cama.

Sabía muchas cosas sobre Suliyam, pero no tenía ni idea del tiempo que haría allí en aquella época del año.

¿Cómo sería la capital si es que era allí donde se dirigían? ¿En qué tipo de hotel se alojaría? ¿Y qué habría querido decir Qasim con aquel comentario sobre que no podría hablar con él cuando hubiera gente delante?

Parecía haberlo dicho muy en serio, pero a Megan le daba igual porque no estaba dispuesta a acatar semejantes situaciones. Aquello era lo primero que iba a cambiar. No tenía sentido decírselo porque eso no habría hecho sino llevarlos a discutir de nuevo, que era lo único que habían hecho desde que se habían conocido.

No, eso no era cierto. También se habían

besado, acariciado y excitado.

Todo aquello no tenía sentido porque Qasim no era su tipo en absoluto.

Megan puso los ojos en blanco.

Por supuesto que no era su tipo.

¿Cómo iba ser su tipo un rey que vivía en el pasado?

¿Quizás por eso se sentían tan atraídos el uno por el otro? ¿No decían que los polos opuestos se atraen?

Obviamente, Qasim debía de estar acostumbrado a mujeres que no pensaran y ella sólo salía con hombres que trataban a las mujeres como iguales.

Jamás había conocido a un hombre que tomara de la vida lo que le diera la gana.

Hasta ahora.

Su actitud le había parecido irritante e indignante, pero también... increíblemente excitante.

Pronto estaría a solas con él en un país desconocido, pronto podría tenerlo en su cama.

Ante aquella idea, se puso en pie de un respingo.

No, su relación no era personal sino profesional y así debía seguir.

¿Por qué se le pasaban aquellas cosas por la cabeza? ¿Y por qué se preocupaba por la ropa que debía llevar?

Según lo que sabía, en Suliyam las mujeres vestían con una especie de saco de patatas, pero ella siempre llevaba trajes de chaqueta, tacones y medias así que no iba a cambiar ni por el país ni por el hombre que lo regentaba.

Abrió la maleta y comenzó a meter su ropa dentro.

Megan tenía muy claro quién era y el jeque lo iba a tener en breve.

Tres días después, sentada en sus aposentos del palacio de Qasim, recordó su inocencia.

¿Quién era? Una mujer en un harén, ni más ni menos.

Bueno, no era un harén exactamente sino el ala reservada a las mujeres, que venía a ser lo mismo.

El palacio era realmente espectacular, pero aquello del ala de las mujeres no le había hecho ninguna gracia desde el principio y había protestado ante Qasim, que le había explicado que debía comportarse así para que su pueblo la respetara.

—¿Y para ganarme su respeto voy a tener que vivir como Sherezade, relegada al purgatorio? ¡A ver si va ahora a resultar que me vas a poner un eunuco para que me vigile!

—Lo siento, pero despedí al último hace un par de meses —bromeó Qasim agarrán-

dola del codo—. Y, para que lo sepas, el
último monarca que tuvo un harén fue mi
abuelo, así que deja de protestar y vamos.

—¡No me des órdenes!

—Como me vuelvas a hablar en ese tono,
te vas a enterar de lo que es el purgatorio en
realidad.

—Ya lo sé. Es estar aquí contigo.

—¿Me lo dices para molestarme? Mira,
me importa muy poco lo que pienses de mí
o de mi país mientras hagas bien tu trabajo
—le dijo abriendo las puertas de sus aposentos—. Tus sirvientas —añadió señalando a
un grupo de mujeres que se reían y que se
acercaron a ella y comenzaron a tocarle la
ropa—. ¿Sabes por qué creo que estás enfadada en realidad, *kalila*? —le había dicho
al oído—. Estás enfadada porque vas a estar
separada de mí.

Le habían entrado ganas de contestarle
de mala manera, pero Qasim se había ido
dejándola a solas con sus sirvientas.

Aquél era el tercer día de su encarcela-
ción.

Había ido hasta allí para trabajar, pero
lo único que había podido hacer había sido
pasearse por sus aposentos y por el jardín.

Y ya estaba harta.

Se puso en pie, atravesó el jardín y salió al
mar.

Las mujeres corrieron tras ella chillando asustadas. Por lo visto, no debía ir allí, pero Megan las ignoró.

Por fin, podía respirar aire puro.

¿Por qué dejaba que la trataran así, como una prisionera? Aquello era intolerable.

—Intolerable —dijo en voz alta.

Acto seguido, se giró sobre sus salones y volvió a sus habitaciones. Una vez allí, abrió las puertas y pasó ante los atónitos guardianes mientras las mujeres corrían tras ella…

De repente, Megan se paró en seco.

Ante ella, estaba el gran salón por el que habían entrado y allí estaba Qasim.

Con una mujer.

Era una mujer guapa, menuda y delicada, con el pelo negro por la cintura que llevaba un precioso vestido en color melocotón y que estaba tan cerca de Qasim que sus hombros casi se tocaban.

«La va a besar», pensó Megan.

Por primera vez en su vida, entendió lo que la gente quería decir cuando decía que la angustia podía ser como un cuchillo que te atravesaba el corazón.

En ese momento, Qasim se giró hacia ella y Megan esperó sin moverse a que dijera algo, a que hiciera algo, pero Qasim se limitó a girarse de nuevo hacia la mujer que tenía a su lado y a besarle las manos, a agarrarla de la cintura y a guiarla escaleras arriba.

Seguramente, a su dormitorio. ¿Dónde iba a llevar un hombre a una mujer que lo miraba anonadada sino a su cama?

Las sirvientas de Megan llegaron a su lado, la tomaron de las manos y la devolvieron a su habitación.

Una vez allí, Megan maldijo su estupidez.

Las mujeres la miraban sorprendidas y murmuraban entre ellas sin atreverse a acercarse.

Aquello la enfureció todavía más y acabó estrellando un jarrón de porcelana contra la pared.

Qasim llevaba tres días ignorándola y ahora se dedicaba a jugar con otra mujer.

Megan había ido allí a hacer un trabajo y, si no le permitía hacerlo, se volvía a casa.

Volvió a abrir las puertas.

—Quiero ver al rey —dijo.

Ninguno de los guardias se movió.

—¿Estáis sordos? ¿No entendéis mi idioma? Quiero ver a vuestro jeque. Llevadme inmediatamente ante él.

—Buenas tardes, señorita O'Connell.

Al ver a Hakim, sus sirvientas se arrodillaron.

—¡Poneos en pie! —exclamó Megan—. ¡Jamás os arrodilléis ante un hombre!

Pero las mujeres no se movieron hasta que Hakim dio un par de palmadas y salieron corriendo.

—No debería interferir en asuntos que no comprende, señorita O'Connell —le advirtió.

—Llévame ante tu rey.

—Por eso he venido precisamente. Su Alteza quiere verla.

—Vaya, me alegro.

—Al jeque no le gusta que sus mujeres hablen así.

—Me parece a mí que usted no se ha enterado de que yo no soy una de sus mujeres. ¿Dónde está?

—Esperándola.

Aquel hombre era insufrible, exactamente igual que el monarca al que servía.

Cuando Hakim se puso en movimiento, Megan lo adelantó pues la enfurecía caminar detrás de él. En cuanto se encontrara delante de Qasim, le iba a decir muy clarito lo que pensaba de él, de su harén, de sus sirvientas y de su país.

Y a continuación le daría a elegir entre dejar que hiciera su trabajo o dejar que se fuera a casa.

Cuando se disponía a subir las escaleras, Hakim le indicó que Qasim la esperaba fuera.

Los guardias abrieron las puertas principales y Megan salió a la luz del sol y se quedó mirando el Humvee que había aparcado allí, con el motor en marcha.

Qasim estaba junto al vehículo, ataviado con pantalones de lino blanco y una camisa blanca remangada.

—Hola —la saludó sonriente.

Y Megan se derritió al recordar aquellos labios en su boca y aquellas manos en su piel y comprendió que estaba furiosa porque Qasim la había ignorado y se había ido con otra mujer.

¿Cómo podía ser tan estúpida? Jamás había hecho locuras por un hombre y no iba a empezar ahora.

Así que tomó aire un par de veces, sonrió y bajó los escalones hacia él. Cuando llegó a su lado, Qasim le tomó la mano y se la llevó a los labios, pero Megan no permitió que se la besara.

—Jeque —lo saludó educadamente—. Me alegro de verlo porque ya empezaba a pensar que había cambiado de opinión y que no quería trabajar conmigo.

Qasim la miró con una ceja enarcada.

—Por supuesto que no. De hecho, la estaba esperando para ir a nuestra primera reunión —contestó indicándole que subiera al coche.

—Me alegro mucho, pero podría habérmelo dicho antes.

—Me disculpo —contestó Qasim subiendo al coche e indicándole al conductor que se pusiera en marcha—. He estado muy ocupado.

—Sí, ya me he dado cuenta —contestó Megan.

—¿Cómo dices? —dijo Qasim tuteándola una vez a solas.

—Nada —contestó Megan poniéndose bien la falda—. Quería hablar contigo sobre las habitaciones en las que me alojo.

—¿No te gustan?

—Son muy bonitas, pero no me gusta sentirme prisionera.

Aquello hizo reír a Qasim.

—El ala de las mujeres no es una cárcel.

—Para mí, sí. He venido aquí para trabajar, pero llevo tres días sin hacer nada y completamente aislada.

—Lo siento mucho, pero me han surgido ciertos asuntos que no he podido posponer.

—Sí, ya me he dado cuenta.

—¿Por qué dices eso otra vez?

—Porque me quiero poner a trabajar cuanto antes en el proyecto —mintió Megan.

—Muy bien, a partir de hoy eso será precisamente lo que hagamos. Te pido perdón porque debería haber explicado por qué te he instalado en el ala de las mujeres. Ha sido por tu bien. No quería que mi pueblo malinterpretara nuestra relación. Al fin y al cabo, eres soltera y extranjera.

—¿Y?

—Y es importante que no vean nuestra relación inapropiada.

—Ah. Entonces, debe de ser que la mujer que he visto contigo hace un rato está casada y es de aquí o que te importa un bledo que tu relación con ella no sea inapropiada.

Qasim la miró sorprendido.

—Sólo lo pregunto por curiosidad —se disculpó Megan.

—Alayna es de aquí, sí, pero no está casada.

—Entiendo. En otras palabras, no pasa nada porque te vean con una mujer soltera siempre y cuando no sea yo, ¿no?

Qasim se quedó mirándola unos segundos y sonrió de manera sensual.

—¿Estás celosa, *kalila*?

—Por supuesto que no. Ya te dicho que es sólo…

—Curiosidad —concluyó Qasim—. Alayna es mi prima —suspiró.

Su prima.

Megan sintió un inmenso alivio.

—Te la habría presentado, pero tiene problemas personales. Por eso ha venido a verme, para hablar de ellos.

—No me tienes que dar explicaciones.

Qasim la tomó de la mano y Megan dejó que lo hiciera.

—No debería haberte tenido desatendida estos días, pero he tenido un montón de cosas que hacer.

Cosas como asegurarle a Alayna que no tendría que casarse con un hombre al que no había elegido y que podría casarse con el hombre al que amaba. Ese asunto lo había tenido ocupado dos días.

Y luego había estado ocupado arreglando la reunión que iba a tener lugar. Era una reunión muy importante pues Ahmet, uno de los líderes más conservadores del país, iba a estar en ella.

Al decirle que lo iba a acompañar una mujer, Ahmet se había soliviantado y Qasim le había tenido que decir que era una secretaria que la empresa había enviado para tener todos los documentos organizados.

—Entiendo, así que es un ser sin importancia —había comentado el jefe tribal.

—Por supuesto —había contestado Qasim a punto de estallar en carcajadas.

¿Megan O'Connell un ser sin importancia?

Qasim se fijó en cómo iba vestida y se preguntó qué iba a ocurrir pues, si le parecía que en el palacio la vida era restrictiva, las normas del territorio gobernado por Ahmet eran mucho peores.

Tenía que asegurarse de que Megan cumpliera con la tradición, le gustara o no, pero hacérselo comprender no iba a ser fácil porque aquella mujer tenía un temperamento endiablado.

—¿Me vas a decir dónde vamos o es un secreto?

—A mi helicóptero —contestó Qasim.

Megan lo miró como si se hubiera vuelto loco.

—Sólo van a ser un par de horas de vuelo —le explicó Qasim—. Megan, verás, el lugar al que vamos… vas a tener que amoldarte a las normas.

Megan suspiró, pero Qasim se dio cuenta de que no estaba enfadada. Todavía.

—¿Voy a tener que hacer algo más aparte de andar detrás de ti?

—Vamos a ir a una ciudad muy antigua donde la tradición…

—No me lo digas —sonrió Megan—. ¿No esperarás que me doble por la mitad ante ti?

—No sería mala idea —bromeó Qasim—. No, verás no puedes ir al territorio de Ahmet vestida así.

—¿El tal Ahmet es un gurú de la moda?

—Debes vestir como él piensa que debe vestir una mujer. De lo contrario, lo tomaría como una falta de respeto.

Megan dejó de sonreír y Qasim suspiró. La discusión estaba a punto de empezar.

—¿Y qué quieres que me ponga?

—Las mujeres de su ciudad visten de manera tradicional.

—Ya estamos con la tradición otra vez.

—Visten caftanes hasta los tobillos y sandalias —le explicó Qasim.

—¿También llevan grilletes?

—¿No has oído nunca el dicho «Allí donde fueres haz lo que vieres»?

—Sí, pero esto me parece inaudito. Las mujeres de tu país son ciudadanas de segunda.

—Eso está cambiando.

Megan se cruzó de brazos.

—¡Cualquiera lo diría!

—¿Es que tenemos que discutir absolutamente por todo? Me aseguraste que eras la persona perfecta para este trabajo, pero empiezo a dudarlo.

Megan se dijo que era absurdo poner un trapo rojo delante de un toro, pero lo cierto era que la incomodaba cambiar su ropa occidental por un caftán.

Claro que era ridículo porque seguiría siendo la misma mujer.

—¿Megan?

—Sí, está bien, lo haré. Si no hay más remedio...

—Bien, pararemos antes de llegar al aeropuerto para que te puedas cambiar en una tienda. Hay otra cosa.

—¿Qué más?

—Les he dicho que eras una secretaria.

—¿Cómo? —exclamó Megan indignada—. ¿Te has vuelto loco? No pienso tolerar que me...

—¿Qué quieres que piensen? —dijo Qasim agarrándola por los hombros—. En su mundo, sólo hay una razón por la que un hombre se llevaría a una mujer de viaje.

—Tengo tres carreras —le recordó Megan—. No voy a permitir...

—Tienes que hacer lo que te digo o...

—¡Deja de amenazarme porque sé perfectamente que no me vas a devolver a los Estados Unidos! —lo desafío Megan—. Me necesitas y ambos lo sabemos.

—Sí, tienes razón —admitió Qasim apretando los dientes—. Te necesito, pero hay otra solución —añadió abrazándola—. Dejaré que crean que estás conmigo.

Dicho aquello, la besó. Al principio, Megan intentó zafarse, pero terminó cediendo y besándolo con la misma pasión y gritando de placer cuando Qasim deslizó la mano bajo su blusa y le acarició los pezones.

De repente, Qasim la soltó de manera tan abrupta que Megan perdió el equilibrio.

No tuvo más remedio porque, de lo contrario, le habría levantado la falda y la habría poseído allí mismo.

Megan se quedó mirándolo con lágrimas de furia en los ojos.

—Te desprecio —murmuró.

Y Qasim decidió que aquello tenía sentido porque, en aquellos momentos, él también se despreciaba a sí mismo.

Capítulo siete

LA ciudad de Ahmet resultó ser una fortaleza medieval.

Nada más bajar del helicóptero, aparecieron unos jinetes con lanzas y banderas gritando sin parar.

Qasim la tomó de la mano y Megan entrelazó los dedos con los suyos y se pegó a su lado.

—Lo hacen en mi honor —le explicó Qasim en voz baja—. No tengas miedo.

Tras presenciar un espectáculo de colores y gritos a lomos de los caballos, Qasim partió con los jinetes dejándola sola.

Megan se estremeció.

Entonces, vio que aparecía un grupo de mujeres. Cuando llegaron a su lado, la de más edad señaló su pelo y todas rieron.

Megan sintió un escalofrío por todo el cuerpo, pero miró a la mujer a los ojos en actitud desafiante.

—Me llamo Megan y estoy con el jeque Qasim —dijo presintiendo que aquello la protegería.

Dos días después, Megan creía que se iba a volver loca.

Odiaba aquel lugar y a todos los que vivían en él, incluido a Qasim por llevarla allí.

Incluso se odiaba sí misma por haber dejado que la metiera en aquella pesadilla.

Se pasaba el día en reuniones, fingiendo ser una esclava obediente, y las noches en aquella habitación paseándose como un animal enjaulado.

Por las noches, Hakim la dejaba en la puerta de sus aposentos, donde dos mujeres se hacían cargo de ella. Le llevaban la cena, compuesta por una papilla que no sabía a nada y un líquido parecido a una cerveza caliente.

Las mujeres jamás contestaban a sus preguntas.

Hakim no era mucho mejor.

Le aseguraba que el jeque entendía su situación, pero, cuando le pedía verlo, la miraba horrorizado y le decía que aquello no podía ser.

¿De verdad Qasim sabía lo que estaba sucediendo? Megan no tenía ni idea. En la primera reunión se había comportando como si fuera invisible.

En aquellos dos días se habían producido los cambios para mejor y cambios para peor. Lo mejor había sido que las mujeres del harén la habían llevado a dar un paseo por la ciudad y lo peor que Megan se había dado cuenta de que, a diferencia de los demás hombres, Ahmet la miraba.

Lo había pillado in fraganti un par de veces, mirándola con aquellos ojillos negros que parecían cucarachas y que Megan sentía correr sobre su piel.

Los estaba sintiendo en aquellos momentos.

Se estremeció e intentó concentrarse en lo que estaba haciendo.

«Me tengo que concentrar en los números, en los documentos de los que estamos hablando y en las preguntas de Qasim», se ordenó.

Aquel procedimiento, por cierto, era de lo más ridículo.

Qasim le dirigía sus comentarios a Hakim en su lengua y en inglés, probablemente para darle más tiempo para que encontrara la información y, a continuación, Megan, mirando siempre a Hakim, le daba la contestación para que él se la repitiera a Qasim.

Era una pérdida de tiempo que no tenía ningún sentido.

A Qasim le tenía preocupado que su presencia ofendiera a los hombres de su país, pero, ¿cómo los iba a ofender cuando la ignoraban?

Todos, excepto Ahmet, claro.

La estaba mirando otra vez. Megan lo sentía. Levantó la mirada y se quedó mirándolo a los ojos aunque sabía que estaba prohibido hacerlo, pero ya no podía más.

Le dedicó una de las miradas que les solía lanzar a los idiotas que se creían que una mujer comiendo sola en un restaurante estaba deseando ligar, pero con Ahmet no dio resultado.

De hecho, parecía más interesado que nunca y se atrevió a pasarse la lengua por los labios.

Aterrorizada, Megan apartó la mirada y se concentró en los documentos que tenía en el regazo.

—¡Ay!

Megan se giró.

¿Le habían dado una patada? Se pasó la mano por los riñones y miró al hombre que estaba más cerca de ella, que la miró, pronunció un par de palabras en su lengua y la volvió a golpear.

—¿Qué demonios hace? —estalló Megan poniéndose en pie.

En la sala se hizo el silencio y todo el mundo se giró hacia ella, incluso Qasim.

—Siéntate —le dijo en voz baja.

—¡No me pienso sentar! Este… este cerdo me ha dado una patada.

—Ya me encargaré de él luego, pero ahora siéntate.

—Este lugar es horrible —dijo Megan con voz trémula—. Me quiero ir de aquí.

—¡Siéntate! —rugió Qasim.

Megan obedeció y se sentó en el minúsculo taburete que le habían asignado. A continuación, lo oyó decir algo que hizo reír a todos los presentes.

Jamás se había sentido tan sola.

Qasim carraspeó y a los pocos segundos todo había vuelto a la normalidad y la reunión continuaba mientras Megan se preguntaba cómo demonios había accedido a ir a un lugar así, cómo había permitido que Qasim la llevara a un lugar tan incivilizado.

—¡Señorita O'Connell!

Megan levantó la mirada y se encontró con Hakim mirándola muy enfadado.

—Mi señor el jeque le ha hecho una pregunta.

—No la he oído —contestó Megan—. ¿Qué pregunta?

—Le voy a pedir que la repita.

—Simplemente, dígame qué me ha preguntado.

—Hay un procedimiento que seguir —contestó Hakim con frialdad.

Dicho aquello, se giró hacia Qasim para volver a comenzar el proceso de nuevo, pero, en cuanto Qasim hubo repetido la preguntaba, Megan contestó.

Por segunda vez, se hizo el silencio más absoluto en la sala y los hombres la miraron con desprecio.

Ahmet la miró de manera inequívoca y Megan se estremeció y se apresuró a bajar la mirada.

Había cometido un error, más bien dos, y debía tener cuidado.

En aquel momento, sintió una mano en la muñeca, miró hacia arriba y vio la horrible cara de Ahmet, que le sonreía con los dientes podridos y un aliento nauseabundo.

—Megan.

—¿Sí? —contestó Megan educadamente.

—Ven —le dijo tirando de ella para que se levantara.

—No. No, gracias, señor Ahmet, pero…

—Ven ahora mismo.

—No, de verdad…

Qasim se puso en pie, sonrió y le dijo algo a Ahmet, que también sonrió, pero de manera todavía más fría.

En lugar de soltar a Megan, la agarró con más fuerza.

—Megan, no digas ni hagas absolutamente nada —le dijo Qasim sin dejar de mirar al otro hombre a los ojos.

—Pero…

—¡Haz exactamente lo que yo te diga! No digas nada, no hagas nada. ¿Me has entendido?

—Sí, pero…

Ahmet le pasó el brazo por la cintura y chasqueó la lengua. Qasim dijo algo en tono duro y Ahmet contestó. Qasim volvió a hablar y Ahmet se rió, pero no apartó sus manos de Megan sino que las subió en dirección a sus pechos.

Aquello fue demasiado.

Megan se volvió hacia él y le soltó un puñetazo en el estómago.

Entonces, la sala explotó en un rugido violento y en gritos salvajes y los hombres fueron hacia ella queriéndola agarrar del vestido, del pelo…

Qasim la tomó en brazos.

—Qasim, oh, Qasim… —se lamentó Megan.

—¡Cállate o te darán de comer a los chacales!

A continuación, se la echó al hombro y salió de la habitación.

Transcurrieron horas o, tal vez, sólo fueran minutos.

Lo único que Megan sabía era que había dicho mil veces que lo sentía. Aun así, mientras Qasim se paseaba por la estancia, lo volvió a repetir.

—Lo siento, Qasim. No ha sido mi intención…

—¡Cállate!

Megan asintió y se sentó en una butaca dándose cuenta de que lo que había ocurrido en la sala de reuniones y que ella había desencadenado no era bueno.

Se oían voces al otro lado de la puerta, una puerta que Qasim había trancado, y las mujeres que la servían estaban en una esquina muy pálidas.

Hacía unos minutos que Hakim había llamado a la ventana y Qasim le había abierto para dejarlo entrar junto con el piloto del helicóptero y los dos guardaespaldas que los habían acompañado.

Nadie decía nada, pero Megan se daba cuenta de que estaban furiosos con ella por haberse comportado de manera estúpida y haberlos puesto a todos en peligro.

—Qasim, me iba a tocar el pecho… —le explicó Megan tragando saliva.

—No, no te iba a tocar —contestó Qasim—. Solamente se estaba divirtiendo. Era una prueba entre él y yo. Si hubieras obedecido mis órdenes…

—¡Eso es muy fácil de decir porque no era a ti a quien estaba tocando!

—Si hubieras obedecido mis órdenes y no hubieras llamado la atención…

—¡Lleva dos días mirándome!

Qasim apretó los dientes porque sabía que Megan tenía razón. Él también se había dado cuenta, pero se había dicho que lo único que Ahmet buscaba era provocarlo ya que, ¿por qué iba a estar interesado el líder tribal más tradicional del país en una extranjera?

Ahmet había sido el último en jurarle lealtad tras la muerte de su padre y, desde entonces, no había parado de desafiarlo.

—¿Por qué no le has dicho algo cuando me ha puesto el brazo en la cintura?

—¿Crees que no le he dicho nada? Claro que se lo he dicho.

—Pues no te ha hecho mucho caso.

—Era un duelo de voluntades —le explicó Qasim enfadado—. Ahmet sabía perfectamente que, si te tocaba íntimamente, lo mataría.

—Me parece que crees que tienes más poder del que tienes en realidad —contestó Megan con desprecio.

—Si así fuera, los hombres de Ahmet habrían derribado esa puerta hace veinte minutos, yo estaría muerto y lo que quedara de ti estaría pudriéndose en el desierto.

Al oír aquellas palabras, Megan no pudo evitar estremecerse.

—¿Y ahora qué hacemos?

Qasim la miró y comprobó que estaba tan pálida que se le veía una franja de pecas que tenía sobre el puente de la nariz y en la que jamás se había fijado.

Además, estaba completamente despeinada y alguien le había arrancado una manga del vestido.

¡Qué guapa y qué valiente era!

Qasim se imaginaba lo difícil que tenía que haber sido para ella fingir que era una mujer tímida y sumisa, sentada en aquel ridículo taburete, sin hablar nunca, sin levantar la cabeza, volviendo cada noche a su habitación y despertándose por las mañanas sabiendo que tenía que volver a fingir.

Se sentía muy orgulloso de ella, pero sabía que aquello no podía durar.

Cuando había reaccionado ante el cerdo que le había dado una patada, Qasim no había sabido si decirle que se comportara como debía comportarse una mujer o abrazarla y besarla.

Le habían entrado ganas de decirle a los hombres de su pueblo que así era como debían ser las mujeres, inteligentes y dispuestas a alzar la voz y decir lo que pensaban.

Pero, por supuesto, no lo había dicho porque tenía que pensar en su pueblo y necesitaba el apoyo de Ahmet para llevar a cabo sus reformas.

En aquellas montañas había cobre y sólo había una pequeña y anticuada mina. Caz tenía previsto construir una carretera, un pequeño aeropuerto y un horno de fundición nuevo.

Para llevar prosperidad a aquella zona del país que seguía viviendo en la más absoluta pobreza, necesitaba el apoyo de aquel cerdo que se había atrevido a tocar a Megan.

¡Quería matarlo!

No lo había hecho porque se había dado cuenta de que las acciones de Ahmet formaban parte de un plan. Aquel hombre deseaba a Megan, sí, pero lo que realmente deseaba era tener una confrontación con él.

Aquello era otra prueba más y no podía permitir que la ganara Ahmet. El precio sería muy alto porque a él lo matarían y a saber lo que harían con Megan. Además, su país quedaría en manos de un hombre despreciable.

Por eso, Qasim se había mostrado imperturbable incluso cuando Ahmet le había pasado el brazo por la cintura a Megan.

—No la toques —le había dicho con calma—. No es muy inteligente por tu parte hacerlo.

—A mí me parece que sí —había contestado Ahmet con una de sus asquerosas sonrisas.

—Te aseguro que no —había insistido

Qasim—. Hemos venido en son de amistad y no creo que tú quieras repudiar esa amistad, ¿verdad, señor Ahmet? Si es así, prepárate para las consecuencias.

«Jaque mate», pensó Qasim.

Pero no contaba con que Megan le diera un puñetazo en el estómago, lo que los había puesto a ambos en peligro de muerte.

Sin embargo, se había sentido increíblemente orgulloso de ella.

¿Por qué aquella mujer tan diferente a él se había vuelto tan importante para él en tan poco tiempo?

Se acercó a ella y la abrazó con cariño aun a sabiendas de que sus hombres los estaban viendo. Por primera vez desde que se había hecho cargo del trono, era un hombre y no un rey.

—Megan —le dijo besándola con ternura—. No salgas de aquí —murmuró—. No abras la puerta bajo ningún concepto. Volveré en breve.

—¡No! Qasim…

Qasim le tomó el rostro entre las manos y silenció sus aterrorizadas protestas con otro beso.

—Volveré a buscarte, *kalila*, te lo juro.

Megan intentó sonreír mientras Qasim le daba órdenes a Hakim, al piloto y a los dos guardaespaldas, abría la puerta y salía.

Capítulo ocho

HACÍA horas que Qasim se había ido y no sabía nada de él.

Megan miraba por la ventana y se atormentaba preguntándose una y otra vez por qué no había sabido controlarse.

Aunque ella estaba nerviosa, Hakim seguía en la misma postura y en el mismo lugar en el que se había quedado cuando Qasim se había ido.

Megan no podía entender su comportamiento. ¿Por qué había permitido que su señor se fuera solo a enfrentarse al peligro? ¿Por qué lo había abandonado?

Hakim se giró hacia ella y la miró con odio.

—Yo jamás abandonaría a mi señor —le dijo.

Megan se dio cuenta de que había hablado en alto.

—Eso es exactamente lo que acabas de hacer. ¡Has dejado que fuera a enfrentarse con esos bárbaros él solo!

—El jeque me ha ordenado que me quedara aquí y no puedo desobedecer sus órdenes.

—¿Ni siquiera para salvarle la vida?

—No puedo elegir, debo obedecerlo. Usted no nos comprende, señorita O'Connell. Mi señor me ha ordenado que me quede cuidándola y eso es lo que tengo que hacer aunque le aseguro que, si pudiera elegir, no lo haría.

—No hace falta que lo jures. ¿Por qué me desprecias, Hakim? Yo no te he hecho nada.

—Ha embrujado al jeque. Él no se da cuenta, pero yo sí.

—¡Eso es una tontería!

—El rey ha olvidado que se debe a su país —dijo Hakim yendo hacia ella con los puños apretados—. El embrujamiento comenzó cuando usted escribió palabras en un documento que le hicieron querer cambiar nuestro estilo de vida.

—No sabes lo que dices. Lo que yo escribí en ese papel fue lo que Qasim encargó a mi empresa.

—Y, además, no muestra el debido respeto hacia él. Se atreve a llamarlo por su nombre de pila como si fueran iguales.

—Somos iguales —le espetó Megan—. En mi mundo, los hombres y las mujeres son iguales.

—Ése es el problema, señorita O'Connell, que usted se cree que los parámetros que son acertados en su mundo son los mejores para los demás, pero no es así. En breve, su embrujo dejará de tener efecto sobre el jeque porque usted no es más que una mujer y, al final, su fuerza podrá con sus hechizos.

—No quiero seguir oyendo estas idioteces.

—Usted no es más que una diversión temporal —le dijo Hakim agarrándola del brazo—. Aunque se acueste con usted, su corazón jamás le pertenecerá.

—Como me vuelvas a tocar…

En ese momento, llamaron a la puerta y, al oír la voz de Qasim, Megan se olvidó de Hakim y corrió a abrir.

—¡Qasim! —exclamó Megan muy contenta—. ¡Menos mal! Temía que…

—No hay nada que temer —contestó Qasim—. Nada de nada…

Y, dicho aquello, cayó sobre Megan, que, no pudiendo soportar su peso, cayó al suelo con él encima.

—¿Qué te han hecho, Qasim?

—Caz —contestó Qasim con los ojos cerrados y una sonrisa bobalicona en los labios—. Llámame Caz… —añadió roncando.

Megan frunció el ceño, se inclinó sobre él y lo olió.

—Está borracho —anunció mirando a Hakim con incredulidad.

—Buena señal —suspiró Hakim.

¿Era buena señal que Qasim hubiera estado bebiendo mientras ella se volvía loca pensando en lo que le estaría sucediendo, temiendo no volver a verlo, a no volver a sentir sus manos ni sus besos?

Enfadada, se puso en pie dejando que la cabeza de Qasim golpeara contra el suelo.

—Cuidado —le dijo Hakim poniendo un cojín bajo la cabeza de su señor.

—Si esto es buena señal, tienes razón, no os entiendo.

—Pues no es tan difícil. Es obvio que mi señor ha estado bebiendo con Ahmet.

—¿Y?

—Y eso quiere decir que han llegado a una buena negociación. Así se ha hecho siempre. Si las diferencias quedan olvidadas, se bebe. Antiguamente, era una falta de respeto beber menos que tu enemigo.

—Así que esto es un ejemplo de buena educación.

—Así es —contestó Hakim.

Megan puso los ojos en blanco.

—¿Me avisará cuando mi señor se despierte? —preguntó Hakim.

—Por supuesto —contestó Megan sentándose en una butaca y mirando por la ventana.

Al cabo de unos segundos, oyó que la

puerta se cerraba y, aunque Qasim le había dicho que no había nada que temer, colocó la tranca.

Caz, le había dicho que lo llamara Caz.

Megan se levantó, fue hacia él y se arrodilló a su lado.

—Estoy muy feliz de que no te haya pasado nada —murmuró acariciándole la mejilla y besándolo con delicadeza en los labios.

A continuación, volvió a su asiento frente a la ventana y se preguntó qué le estaba ocurriendo porque era obvio que algo le estaba pasando, algo que no entendía y que nunca había querido que le ocurriera.

Al final, observando la niebla, se quedó dormida.

Caz se despertó de repente, oliendo a alcohol y recordando lo sucedido.

Había bebido con Ahmet tras alcanzar una solución a sus increíbles demandas. Le dolía la cabeza como si le fuera a explotar, así que se incorporó lentamente.

Miró a su alrededor y vio a Megan, dormida en una butaca junto a la ventana. Sintió que la cabeza le daba vueltas otra vez al pensar en lo que tenía que decirle.

Aquello no le iba a gustar. ¿Cómo se lo tomaría? Fatal, obviamente, pero Caz no había tenido más remedio si querían salir vivos de allí.

Se puso en pie y sintió una punzada de dolor en la cabeza.

Café.

Vio una cafetera sobre la mesa y, aunque el contenido estaba frío y sabía a rayos, se tomó dos tazas con mucha azúcar.

Sí, ahora se sentía mucho mejor.

Daría cualquier cosa por ducharse. En un rincón, vio un cubo y una jofaina. Miró a Megan. Seguía dormida, así que se desnudó a toda velocidad y se bañó con el agua helada.

Tras vestirse, decidió que había llegado el momento de despertar a Megan y explicarle el pacto con el diablo que había hecho.

—Megan —la llamó yendo a su lado.

Megan no se movió.

—Megan —repitió Qasim.

Megan abrió los ojos y sonrió.

—Caz —murmuró.

Y Qasim no pudo evitar inclinarse sobre ella y besarla.

—Hola, *kalila* —le dijo con una sonrisa.

—Te has despertado.

—Sí.

—¿Está lloviendo? —preguntó Megan tocándole el pelo mojado.

—No, me he duchado.

Al imaginarse a Qasim desnudo, Megan no pudo evitar un estremecimiento.

—Me temo que he gastado toda el agua.

—Da igual.

—La necesitaba porque...

—La última vez que te vi estabas completamente borracho.

—Sí, y te pido perdón por ello, pero...

—Y me dijiste que te llamara Caz.

—¿De verdad?

Megan asintió.

—¿Es un diminutivo?

—Es un apodo que mi compañero de habitación me puso nada más llegar a Yale y me gustó porque sonaba más estadounidense que Qasim.

—Entonces, no te importa ser un poquito estadounidense.

—Claro que no. Mi madre era estadounidense —contestó Qasim—. A mí me gusta su país más de lo que a ella le gustó nunca el mío.

—¿Qué ocurrió?

—No se acostumbró nunca a la vida de Suliyam y volvió a su país.

—¿Sin ti?

—Sí, sin mí, pero no te pongas triste porque tuve una infancia muy feliz.

—Entonces, ¿por qué te entristeces cuando hablas de ella?

—¿Parece que estoy triste? Debe de ser la luz —contestó Qasim carraspeando—. Ya hablaremos de esto en otro momento, pero ahora, Megan, tenemos que hablar de otra cosa.

—Sí, desde luego —contestó Megan muy seria.

Qasim entendía que estuviera enfadada con él.

—Te has enfadado, ¿verdad?

—¿Enfadado? No, claro que no. Simplemente estaba aterrorizada porque no sabía lo que te había ocurrido.

—Lo siento mucho, *kalila*, pero no tenía manera de dejarte saber que estaba bien. Todo ocurrió muy deprisa. En cualquier caso, te pido perdón por haberte hecho pasar por todo esto, cariño.

—Ha sido culpa mía por complicar las cosas —se disculpó Megan.

—No, jamás debería haberte traído a estas montañas —dijo Caz tomándola entre sus brazos—, jamás debería haberte hecho soportar las mentiras de Ahmet, que lo único que buscaba era ponerme de mal humor. Las cosas podrían haberse complicado, pero ya está todo solucionado.

—No sabes qué mal lo pasé pensando en lo que te podía haber hecho ese animal —dijo Megan poniendo las manos en su pecho y sintiendo el latido de su corazón.

—Ahmet es un animal, pero sólo se comporta así cuando le viene bien. Sabe que no puede hacerme daño porque las demás tribus vengarían mi muerte sin piedad. Aunque te cueste creerlo, sabe ser generoso.

—Sí, me cuesta creerlo.

—Le has impresionado, Megan.

—Sí, seguro —rió Megan.

—Te lo digo en serio, has despertado su interés.

—Más bien, he despertado su libido.

—Me ha dicho que nunca ha conocido a una mujer como tú y tiene razón —dijo Qasim—. Pero tenemos un problema —añadió muy serio.

—¿Un problema? —dijo Megan preocupada.

—Ahmet quiere una cosa.

—¿De qué se trata?

—Te quiere a ti.

—¿Qué?

Aquello debía de ser una broma, pero Qasim no se estaba riendo.

—Quiere casarse contigo.

—Supongo que le habrás dicho que eso es completamente imposible.

—Escúchame, Megan. Para él, ofrecerte matrimonio es un gran honor —le explicó—. No me mires así, *kalila*. ¿Te crees que iba a dejar que una cosa así sucediera?

—Por un momento, creí…

—No te preocupes, se me ocurrió la manera de que Ahmet no pudiera casarse contigo.

—Seguro que se te ocurrió algo original —sonrió Megan.

—Sí —contestó Qasim—. Le dije que no podías casarte con él porque ya estabas prometida conmigo.

Capítulo nueve

SILENCIO.

Megan no sabía qué decir.

—Le has dicho a Ahmet que no me puedo casar con él porque...

—... Porque te vas a casar conmigo.

—Ah.

—¿Es lo único que se te ocurre?

Caz parecía molesto.

—Bueno, es que... estoy sorprendida.

—Sí, claro, era de esperar —sonrió Qasim.

—No entiendo nada. Tú eres el rey, ¿no? ¿Por qué no le dijiste simplemente que no y ya está?

—Se lo dije y se rió, así que tuve que inventarme que te ibas a casar conmigo —le dijo mirándola a los ojos—. La situación no es fácil. Debes confiar en mí. Ahora que he dicho que vas a ser mi esposa, estás a salvo.

—¿Y yo no tengo nada que decir en todo esto?

—No —contestó Qasim de manera cortante—. A menos que quieras casarte con Ahmet.

—¡Jamás me casaría con él!

—¡Entonces, deja de discutir! ¿Por qué montas tanto lío?

Megan se hizo la misma pregunta y se dijo que, la verdad, era una tontería. Aquello no iba a quedar más que en una anécdota que les contaría a sus nietos.

—Sí, tienes razón —cedió obligándose a sonreír—. La verdad es que la idea ha sido buena. Brillante. Ahmet es un bárbaro, pero no es tan tonto como para intentar robarle la prometida a su rey.

—Por desgracia, yo no estoy tan seguro —contestó Qasim.

—Pero… pero acabas de decir que…

—No es suficiente.

—¿Ah, no? Caz, me estoy perdiendo. ¿No me acabas de decir que diciéndole que estamos prometidos estoy a salvo?

—Estar prometidos y estar casados no es lo mismo.

—¿Por qué no? Jamás se enterará de que no nos casamos.

—Claro que se enterará. Aquí las noticias también vuelan. Creo que será mejor que te sientes porque te tengo que dar otra sorpresa.

—¿De qué se trata? ¿Por qué me miras así?

—Ahmet no es tonto y no te va a dejar porque a mí se me ocurra de repente anunciar que estamos prometidos —le explicó—. Quiere hacernos un regalo.

—¿Qué regalo?

—Una boda —contestó Caz—. Quiere que nuestra boda se celebre aquí. Hoy.

—Y tú le dijiste que muchas gracias, pero que…

—Y yo le dije que nos encantaría celebrar la ceremonia en estas maravillosas montañas.

Megan se quedó mirándolo con la boca abierta, esperando que todo aquello fuera una broma, pero, por lo visto, no lo era.

—¡No!

—No puedes decir que no, Megan. Creí que había quedado claro.

—Puedo decir lo que me dé la gana y mi respuesta es…

Qasim la agarró de los hombros.

—No te he pedido que te cases conmigo sino que te he dicho que te vas a casar conmigo, que es muy diferente —le dijo de manera brusca.

—¡Estás loco! No me puedes decir lo que tengo que hacer.

—Claro que puedo —contestó Qasim—. Soy el rey de este país y mis deseos son órdenes.

Allí estaba el verdadero jeque de Suliyam, un dictador al que los deseos de los demás no le importaban absolutamente nada.

—En mi mundo, tus deseos no valen nada, así que no puedes obligarme a casarme contigo.

—Tu mundo aquí no existe. ¿O es que acaso quieres que nos maten a todos? Te aseguro que la vida de mis hombres vale mucho más que el estúpido orgullo de una mujer.

—¿Y yo? —sollozó Megan—. ¿Yo qué valgo?

Qasim estuvo a punto de decirle que, para él, lo valía todo, que había estado a punto de atacar a Ahmet cuando éste le había dicho que quería poseerla, pero que no lo había hecho porque sabía que aquello sería como entregar a Megan a los leones.

Pero no se lo iba a decir porque aquella reacción habría sido irracional y él no podía ser irracional porque era el rey.

—Tú eres muy importante para mí y debo cuidarte —le dijo.

Al darse cuenta de que aquello no era lo que Megan esperaba oír, Caz buscó palabras de consuelo.

—Por supuesto, el matrimonio no será real.

—¿Ah, no? —preguntó Megan mirándolo a los ojos.

—La ceremonia solo será válida en Suliyam, pero no en los Estados Unidos. Te aseguro que me encargaré de anularla aquí y tú no tendrás que hacer nada.

—Ni siquiera se me había ocurrido…

—Volveremos al palacio mañana y, en cuanto hayamos llegado, volverás a tu casa y, así, podrás olvidar todo lo que ha sucedido.

¿Aquel hombre creía que iba ser capaz de olvidar que se había casado, que había hecho una serie de promesas?

—¿Te das cuenta de lo fácil que es, Megan?

Megan volvió a mirarlo y se dio cuenta de que estaba completamente tranquilo, como si sólo estuvieran hablando del menú de una cena.

—Sí, ahora entiendo lo fácil que es —contestó con tristeza.

—Sólo tienes que fingir el papel de mujer obediente un poco más —le dijo Qasim—. Obediente e impaciente.

—¿Impaciente? No te entiendo.

—Veras, Ahmet quería saber por qué no nos habíamos casado ya y a mí sólo se me ocurrió decirle que había sido porque yo quería preparar una boda impresionante, pero que estar a solas contigo estos últimos días estaba resultando muy difícil para los dos —le explicó acariciándole el cuello y sintiendo su pulso acelerado—. Un hombre jamás se acuesta con la mujer con la que se va a casar —concluyó con voz ronca.

Megan asintió.

Todo tenía sentido. Su cabeza lo entendía, pero su corazón se sentía vacío. Megan nunca había pensando en casarse, pero, si un día dar el «sí, quiero», debería tener algún significado verdadero, ¿no?

¿No se suponía que una miraba al hombre con el que se iba a casar y tenía que sentir mariposas en el estómago? ¿No se suponía que querría una besarlo y estar con él todo el tiempo?

—No te preocupes, *kalila*, no voy a permitir que te ocurra nada —la tranquilizó Qasim.

Ya le estaba ocurriendo algo, pero, ¿cómo se lo iba a decir?

—Además, no tenemos elección —añadió Qasim.

Acto seguido, la besó con tanta pasión que Megan sintió que se consumía y, conmocionada, dio un paso atrás.

—No tenemos elección —repitió Qasim antes de irse.

El tiempo fue pasando de manera lentísima.

Caz no volvió.

Tampoco Megan esperaba que lo hiciera

porque suponía que habría alguna tradición que prohibiría que el novio viera a la novia antes del día de la boda.

Lo malo era que Qasim no era su prometido y aquella boda no iba ser más que una farsa, pero una farsa necesaria si querían salir de allí con vida.

Desde luego, no era así como debía sentirse una novia que está punto de contraer matrimonio.

Megan se preguntó qué llevaba a las mujeres a querer casarse y perder su independencia porque, por mucho que se empeñaran en decir que no era así, ella estaba convencida de lo contrario.

Su hermana mayor, Fallon, había olvidado la lección que todas ellas habían aprendido durante su infancia viendo a su madre dejar de lado sus necesidades para satisfacer las de su esposo.

Mary no protestaba cuando a su padre se le antojaba mudarse de ciudad. Ella llegaba, organizaba la casa, se hacía unas cuantas amigas, empezaba a ser feliz y, entonces, un día, de repente, Pop aparecía con un nuevo negocio y adiós a todo.

Los deseos de los hombres siempre tenían prioridad. Ésa era la verdad. Había mujeres a las que aquella norma les parecía bien, pero, desde luego, a ella no.

Entonces, ¿no era una gran suerte que aquel matrimonio fuera una farsa?

Megan miró por la ventana y vio que había niebla, como la noche anterior.

Veinticuatro horas y nada había cambiado.

Veinticuatro horas y había cambiado todo.

Aunque el matrimonio no fuera de verdad, nada volvería a ser lo mismo después de aquella noche.

Megan estaba muy nerviosa.

¿Y si todo hubiera sido de verdad? ¿Y se Caz le hubiera dicho «no pienses, no me hagas preguntas porque esto no tiene ninguna lógica, pero te quiero más que a mi vida y quiero que te cases conmigo y que te quedes a mi lado para siempre»?

¿Qué le habría contestado ella?

Por supuesto, que no.

¿Verdad que le habría dicho que no? ¿O habría corrido a sus brazos y habría olvidado lo que sabía del matrimonio?

En ese momento, aparecieron dos sirvientas más y entre las ocho la bañaron, le lavaron el pelo, la perfumaron, la vistieron y la llenaron de joyas.

Acto seguido, le pusieron un espejo delante para que se viera y Megan se quedó con la boca abierta.

Megan O'Connell había desaparecido y en su lugar había una criatura seductora con joyas antiguas, el pelo lleno de flores y el cuerpo envuelto en una preciosa seda azul.

—La esposa del jeque —murmuró alguien.

Y en menos de una hora eso fue exactamente en lo que se convirtió.

La ceremonia fue larga y probablemente bonita.

Si Megan la hubiera visto en una película, así la habría descrito, pues la enorme sala estaba llena de velas y el camino que conducía al altar cubierto de pétalos de rosa.

Allí la esperaba Caz vestido de blanco y mirándola a los ojos.

Los casó Ahmet, que por una vez en su vida parecía humano y, cuando Qasim le indicó que había llegado el momento, Megan dio el «sí, quiero» y se besaron y todos los hombres allí reunidos estallaron en gritos de júbilo.

—Ahora eres mi esposa —anunció Qasim.

Y Megan se dijo que sólo era una farsa, pero disfrutó del momento, como disfrutó del banquete y del baile que tuvieron lugar a continuación.

En un momento dado, Qasim le dijo que había llegado el momento de irse y, cuando Megan se puso en pie, la tomó en brazos y la condujo a otra estancia.

Una vez allí, Megan miró a su alrededor y comprobó que estaban completamente a solas, únicamente acompañados por las llamas de cientos de velas blancas y una gran cama.

—Megan —dijo Caz acercándose a ella—. Todo ha terminado, cariño. Estamos solos. Puedes relajarte.

¿Relajarse?

Megan no sabía si llorar o reír.

—Megan, ¿estás bien?

—Sí, pero es que… ha sido un día muy difícil.

Sí, Caz se imaginaba que aquello no debía de estar resultando fácil para ella porque se había levantado siendo Rapunzel encerrada en el castillo de un brujo y se iba a acostar siendo la esposa de un jeque.

Su esposa.

Su esposa de mentira, no debía olvidarlo porque, aunque la ceremonia había sido real para los invitados, no lo había sido para ella ya que, de haber podido elegir, jamás se hubiera casado con él.

¿Por qué lo olvidaba constantemente?

Porque la deseaba, porque la había deseado desde que la había visto por primera vez y ahora era suya.

La luz de la luna entraba por las ventanas y Qasim se encontró imaginándose aquella luz en la piel desnuda de Megan.

«No puede ser», se dijo.

Acto seguido, se fue al otro lado de la habitación para poner distancia entre ellos.

—Yo dormiré en el suelo —anunció.

—No hace falta, confío en ti, puedes dormir en la…

—No —la interrumpió Qasim—. Eso no es parte del trato, así que dormiré en el suelo y tú dormirás en la cama. En cuanto amanezca, te sacaré de aquí y no tendremos que seguir fingiendo que esto es lo que queremos.

Qasim estuvo a punto de decirle que, si se acostaba en la misma cama que ella, no sería capaz de no tomarla, pero todo aquello era una farsa y aquella mujer no era suya y jamás lo sería.

Así que puso unas almohadas y unas sábanas en el suelo, apagó las velas y se acostó.

—Duerme, lo necesitas —le dijo a Megan.

Megan no contestó, pero Qasim la oyó meterse en la cama y supuso que estaría aterrada después de aquel día, la ceremonia del matrimonio y los festejos.

Qasim maldijo a Ahmet, a la tradición, a las costumbres y al mundo entero y se preguntó de qué le servía ser rey cuando lo único que quería y no podía tener era... a su esposa.

Capítulo diez

QASIM no creía que fuera a dormir, pero el agotamiento debió de vencerlo y se quedó dormido.

Cuando abrió los ojos, vio a Megan de espaldas, en la ventana, llorando.

—¿Cariño? —le dijo poniéndose en pie rápidamente.

Megan no se giró sino que se limitó a negar con la cabeza y a hacerle un gesto con la mano como diciéndole que estaba bien, pero Caz no la creyó, se acercó a ella y la tomó suavemente de los hombros.

—*Kalila*, ¿qué te pasa?

Megan lo miró a los ojos y se vio reflejada en sus pupilas, una mujer pequeña y patética llorando como si se le hubiera roto el corazón.

¿Por qué?

Qasim había hecho exactamente lo que le había prometido, la había salvado de Ahmet casándose con ella, fingiendo que la boda le hacía mucha ilusión y llevándola en brazos entre los gritos de júbilo de aquellos bárbaros hasta la habitación en la que se encontraban.

La habitación en la que se suponía que su noche de bodas tendría que haberse celebrado.

Se había casado con un hombre de palabra, que estaba cumpliendo con sus promesas y, precisamente por ello, le estaba rompiendo el corazón.

En mitad de la oscuridad de la noche, Megan ya había entendido los motivos de su desesperación, había comprendido que lo que a ella le hubiera gustado habría sido que Caz cerrara la puerta y la convirtiera en su mujer de verdad.

—Megan.

Megan sintió que el corazón se le desbocaba.

¿Acaso Qasim le había leído el pensamiento? Si se diera cuenta de que lo deseaba, sería una terrible humillación.

—Megan —repitió Caz besándola con dulzura.

La tenía abrazada como si fuera una delicada pieza de cristal, pero, aun así, Megan no podía dejar de llorar.

—No llores, cariño, no voy a permitir que te ocurra nada —dijo Qasim sinceramente.

Estaba dispuesto a defenderla con su vida porque sabía que la había obligado a pasar por una situación espantosa llevándola a aquella tierra de bárbaros y obligándola a casarse con él.

Qasim se preguntó cuál era la diferencia entre Ahmet y él.

Sin embargo, Megan ya había aceptado su beso e incluso se había acercado un poco más a él.

Olía a flores, a noche y a mujer y Caz cerró los ojos y hundió el rostro entre su pelo.

Al percibir su aroma, sonrió con ironía.

Su mujer se abrazaba a él porque era lo único que conocía allí y él no podía dejar de pensar en lo maravilloso que era abrazarla y en lo mucho que la deseaba.

La deseaba tanto que no iba a poder seguir controlándose si seguía abrazándola, así que intentó separarse de ella, pero Megan se lo impidió.

—No pasa nada, estás a salvo —le aseguró Qasim en un murmullo—. Conmigo, siempre estarás a salvo.

Megan suspiró y, al sentir su aliento en la piel, Caz tragó saliva y se recordó que lo único que debía hacer era consolarla.

—¿Quieres que te traiga agua o café? —le ofreció.

—Lo último que necesito es un café —rió Megan—. Lo que quiero es que, por favor, te quedes conmigo —añadió pasándole los brazos por la cintura y apoyando la cabeza en su pecho.

Qasim intentó pensar en otra cosa. La noche, el tiempo que iba hacer al día siguiente, el helicóptero...

—¿Caz?

—Dime.

—Lo siento.

—¿Por qué dices eso?

—Por todo, porque por mi culpa la reunión se ha ido al garete.

—Bueno, yo creo que la animaste bastante —bromeó Caz.

—Por mi culpa te llevas mal con Ahmet.

—Siempre me he llevado mal con él.

—Sí, pero ahora... ¿está enfadado porque nos hayamos casado?

—Al contrario —sonrió Qasim—. Ahora me respeta mucho más porque yo me he llevado a la mujer que él quería.

Aquello hizo sonreír a Megan.

—¿Te hace eso sentir mejor?

Megan asintió.

—Entonces, no llores más —dijo Qasim limpiándole las lágrimas—. Una mujer no debe llorar nunca en su noche de bodas.

—En realidad... por eso precisamente estaba llorando.

—Te entiendo. Cuando accediste a venir a Suliyam conmigo, jamás imaginaste que te verías obligada a casarte con un desconocido.

—Tú no eres un desconocido —le aseguró Megan—. Hay momentos en los que me parece que te conozco de toda la vida —añadió tomando aire—. Estaba llorando porque he recordado la boda de mi hermano hace unas semanas y fue una ceremonia muy emocionante.

—Claro, y la nuestra te ha debido de parecer un horror y…

Megan lo calló poniéndole un dedo sobre los labios.

—No lo entiendes, nuestra ceremonia ha sido maravillosa.

—¿De verdad? —dijo Caz enarcando las cejas.

Megan sonrió.

—De verdad —contestó amablemente—. Las palabras pronunciadas con solemnidad, las bailarinas, el banquete y todos los invitados gritando de júbilo por nosotros.

—Estaban muy felices.

—Sí, y precisamente por eso lloro. Me he puesto a pensar en lo feliz que hacía a todos nuestra boda, que en realidad es una boda de mentira y… me he sentido culpable por engañarlos…

—Eres una mujer buena y generosa, Megan O'Connell.

—Soy la mujer que te ha complicado la vida.

—La has enriquecido —le aseguró Caz—. Además, me has hecho el enorme honor de convertirte en mi esposa.

—Sí, soy tu esposa, Caz —contestó Megan sintiendo un enorme calor por todo el cuerpo—. Por esta noche, soy tu esposa.

Se quedaron mirándose a los ojos y el resto del mundo desapareció, sólo estaban ellos, aquella habitación y aquel momento.

—Caz, ¿me deseas?

—*Kalila*, no puedo dejar de pensar en ti.

—Entonces, hazme tuya.

Qasim pensó en unas cuantas razones por las que no debería hacerlo, para empezar porque era el rey, un hombre de honor, pero jamás había deseado a una mujer como deseaba Megan y decidió que, por una noche, se iba a comportar como un hombre normal.

Así que la tomó en brazos y la besó haciéndola gemir.

Megan lo besó también y suspiró cuando Caz le dio la vuelta y comenzó a desabrocharle los botones uno por uno.

Cuando hubo terminado, Megan estaba temblando, pero tuvo el suficiente arrojo como para volverse hacia él, tomarle las manos y ponérselas sobre sus pechos.

Megan sintió que se derretía de placer y dejó que Qasim deslizara la mano entre sus piernas y llegara a la suavidad que había entre sus muslos.

—Megan, Megan…

Megan dejó caer el vestido al suelo, revelando un conjunto de lencería de encaje color marfil.

—Dios mío, qué bonita eres —murmuró Qasim.

Mirándolo a los ojos, Megan se desabrochó el sujetador y lo dejó caer al suelo también.

Qasim se dijo que la palabra «bonita» no era suficiente para describir a su esposa. Aquella mujer era increíble.

Su rostro, sus ojos, su boca, sus pechos…

La besó en la boca y, a continuación, deslizó la estela de sus labios hasta sus pechos y le lamió los pezones hasta que Megan gritó su nombre.

Entonces, Caz la tomó en brazos y la condujo a la cama.

—Caz, por favor, necesito sentirte dentro de mi cuerpo —imploró Megan tomándolo de los hombros y tumbándolo sobre su cuerpo—. Por favor.

—Espera —contestó Qasim deslizando una mano entre sus piernas, apartándole las braguitas y encontrando el lugar exacto de su húmeda feminidad.

El grito de Megan atravesó la noche y

Qasim vio que tenía lágrimas en los ojos, pero comprendió que eran lágrimas de alegría por lo que estaba sucediendo entre ellos, por lo que estaba sintiendo y aquello lo excitó más que ninguna otra cosa.

—Megan, mírame —le dijo colocándose entre sus piernas.

Megan abrió los ojos.

—¿A quién perteneces? —le preguntó muy serio.

—A ti —contestó Megan abrazándolo—. Sólo a ti, Qasim.

Entonces, Qasim le separó las piernas y se colocó sobre ella. Megan gritó de placer y se arqueó hacia él y Caz la penetró.

Megan suspiró y pronunció su nombre.

—Qasim, Qasim, mi esposo.

Qasim se zambulló en su cuerpo, la tomó de las nalgas y comenzó moverse frenéticamente mientras ella gritaba una y otra vez su nombre y, cuando su cuerpo se convulsionó entre sus brazos y Megan le mordió el hombro, Caz se estremeció de placer y se dejó ir sintiéndose el hombre más feliz del mundo por haber hecho el amor con su esposa.

La luna estaba desapareciendo y ellos seguían abrazados entre las sábanas, en su burbuja de magia.

—Ha sido maravilloso —comentó Caz.

—Increíble —contestó Megan sinceramente—. Temía no estar a la altura de las circunstancias porque…

Caz enarcó una ceja.

—Bueno, lo cierto es que llevo bastante tiempo sin estar con un hombre.

—¿Acaso los californianos están ciegos?

—No ha sido por ellos sino por mí —le explicó Megan—. He estado muy ocupada entre mis estudios y mi trabajo, ¿sabes?

—Sí, entiendo que es muy duro para una mujer abrirse camino en un mundo como el tuyo, en gran medida copado por los hombres.

Megan lo miró sorprendida.

—¿Te crees que no sé que a vosotras se os pide un esfuerzo doble?

—Jamás pensé que tuvieras esa mentalidad.

—Para mí, los hombres y las mujeres son completamente iguales, pero hay gente en mi país a la que le cuesta verlo así y tengo que ser prudente con mis palabras.

—Oh, Caz, me alegro tanto de oírte decir eso —murmuró Megan emocionada abrazándolo y rogándole que le volviera a hacer el amor.

Había amanecido ya cuando se quedaron dormidos y, al cabo de un rato, los despertaron llamando a la puerta.

—¿Señor? Soy yo, Hakim.

—¿Qué ocurre? —contestó Caz bostezando y sentándose en la cama.

—Nada, señor, he venido a despertarle a las seis, tal y como usted dejó dicho.

Megan se sentía tan feliz que le daba miedo.

—He preparado café —dijo el sirviente girando el pomo de la puerta—. ¿Puedo pasar?

Megan se tapó con las sábanas hasta los ojos.

—¡No! —contestó Caz saltando de la cama y poniéndose los pantalones a toda velocidad—. Déjalo en el pasillo.

—Pero Alteza…

—Déjalo en el pasillo —insistió Caz.

—Como desee, señor —dijo Hakim—. Le he dicho al piloto que esté preparado para dentro de una hora.

—Muy bien —contestó Qasim abriendo la puerta lo justo para tomar la bandeja.

—Espero que no haya decidido cambiar los planes, y que nos vayamos esta misma mañana tal y como estaba previsto y que no haya decidido quedarse aquí para seguir con… las celebraciones.

—Ten cuidado con tus palabras, Hakim.

—Sí, señor, ya sabe que yo sólo quiero lo mejor para usted.

—Claro —dijo Qasim cerrando la puerta y dejando la bandeja sobre una mesa.

Megan dejó caer la sábana y Qasim vio que estaba preocupada.

—Hakim me odia.

—No te odia a ti sino a lo que representas, a lo que me ve a mí hacer, a los cambios que he hecho y a los que quiero llevar a cabo —le explicó Qasim tomándole el rostro entre las manos—. Sirvió a mi padre.

—Y ahora te sirve a ti.

—Ése es precisamente el problema. Hakim quiere que sea como mi padre y yo no lo soy. Yo creo que, en el fondo, nunca me ha perdonado que lleve sangre extranjera en las venas.

—¿Tú? Ah, sí, claro. Tu madre.

—Sí —sonrió Qasim—. Te habrías llevado bien con ella.

—Pero si te abandonó.

—Abandonó Suliyam.

—¿Por qué? Aquí estaban su marido y su hijo…

¿Cómo le explicaba uno a su esposa americana que su madre, también americana, no había podido soportar el calor, el desierto y los límites impuestos por la tradición milenaria?

Habrían bastado unas cuantas palabras para explicárselo, pero por alguna ridícula razón Qasim no quería contárselo, no quería plantar aquella semilla en su cerebro aunque… obviamente, Megan se iba a ir.

Aquello le provocó un fuerte dolor en el corazón.

—Ven aquí —le dijo abrazándola—. No merece la pena perder el tiempo hablando de otras personas. De momento, sólo importamos tú y yo —añadió besándola.

—Pero Hakim ha dicho que…

—Olvídate de él —le dijo Qasim tumbándose sobre ella y besándola con pasión.

Y entonces se dio cuenta de que no iba a poder cumplir con su promesa de dejar que se fuera a Estados Unidos porque la quería a su lado, quería hablar con ella, reírse con ella, compartir sus días y sus noches durante toda su vida.

—Megan, ya sé que te dije que te iba a dejar volver a los Estados Unidos en cuanto volviéramos, pero…

—¿Pero?

—Pero lo he estado pensando y… nos queda mucho trabajo por hacer —mintió Qasim.

—Trabajo —dijo Megan con tristeza—. Sí, por supuesto.

¿Cómo había sido tan idiota de creer que

iba ser por otra cosa?

—Ya sé que todo esto te está resultando muy difícil, pero las cosas podrían cambiar ahora que eres mi mujer.

—¿De verdad?

—Sé que es pedirte mucho, pero si no te importara seguir fingiendo un poco más…

Megan lo miró a los ojos.

Lo que Qasim le estaba pidiendo era imposible.

—*Kalila*, no te vayas todavía —le suplicó.

Megan sabía que aquello era una locura, pero le contestó con un beso.

Capítulo once

AL mediodía, abandonaron la fortaleza de Ahmet.

Se dirigieron hasta el helicóptero a caballo. Caz montaba el mismo semental negro que cuando habían llegado, pero ahora llevaba a Megan sentada de lado entre sus brazos mientras Ahmet y sus hombres los acompañaban con las lanzas y los fusiles en alto.

—Es la tradición —le explicó Qasim—. Es su manera de rendirnos honores. Supongo que te parecerá extraño, pero…

—Me parece maravilloso —le interrumpió Megan mirando a su alrededor—. La fortaleza, los caballos, los jinetes… es perfecto.

Caz se sintió más tranquilo porque sabía que todo aquello era difícil de entender para Megan porque provenían de culturas muy diferentes.

Quería que, aunque su unión fuera temporal, Megan fuera feliz y no juzgara a su pueblo con demasiada dureza.

—¿De verdad te gusta?

—Sí —le aseguró Megan—. Los colores, los sonidos… es magnífico —rió—. Incluso Ahmet.

—Se lo voy a decir —sonrió Qasim.

—¡Ni se te ocurra!

—¿Qué me das para que permanezca en silencio?

—¿Qué quieres? —sonrió Megan.

Qasim se inclinó sobre ella y la besó.

—Pides mucho, mi señor, pero no me importa dártelo —sonrió Megan.

Qasim pensó en la persona tan maravillosa que tenía como esposa.

—La verdad es que creía que todo esto te iba a parecer de la Edad Media —confesó al cabo de unos minutos.

—Así fue al principio, pero ahora mi opinión ha cambiado.

—¿Por qué?

Porque ahora iba a caballo con un hombre que ya no era un desconocido, porque el hombre que la tenía abrazada era su marido y porque él y todo lo que representaba formaba parte de ella.

Porque Qasim se había convertido en el centro de su vida.

«Díselo», le dijo una vocecilla en su cabeza.

En aquel momento, los jinetes los rodearon porque habían llegado al helicóptero y Ahmet se acercó a ellos pidiendo silencio para hablar.

Qasim se inclinó sobre Megan para traducirle.

—Está diciendo que soy el hombre más afortunado del mundo por haberme casado con una mujer más bonita que la luna.

—¡Será pelota!

—Ahora me está ofreciendo cien caballos por ti.

—¿Cómo?

—Deberías sentirte halagada porque aquí por cien caballos te llevas veinte mujeres si quieres. Sonríe para que comprenda que estás halagada.

Megan sonrió radiante mientras Caz contestaba.

—¿Qué le has dicho?

—Que es una oferta muy interesante y que me lo estoy pensando… —bromeó Caz.

Megan sonrió y le dio un codazo en las costillas.

—No, le he dicho que tú vales cien mil caballos y que, efectivamente, soy un hombre muy afortunado.

Megan sintió que el corazón se le desbocaba. Ella también era una mujer muy afortunada.

Hacía una semana era una mujer solitaria centrada en su trabajo y ahora era la esposa de un hombre de novela.

Megan estuvo a punto de decírselo, pero se recordó que nada de aquello era real. Caz se lo había dejado muy claro y eso era exactamente lo que ella quería, ¿no?

—¿Qué te pasa? —le preguntó Caz preocupado.

—Nada —contestó Megan con una gran sonrisa—. Sólo estoy un poco cansada.

—Pues claro que estás cansada, mira que soy bruto —se lamentó Qasim tomándola en brazos y subiéndola al helicóptero.

Una vez dentro, la acomodó en una de los asientos, se sentó a su lado y la tomó de la mano.

—Pronto estaremos en casa —le dijo al oído.

Megan asintió y cerró los ojos por miedo a que Qasim se diera cuenta de que, para ella, su casa no era un palacio junto al mar ni un apartamento de Los Ángeles sino estar a su lado.

Cuando había llegado allí por primera vez, Qasim la había dejado con Hakim y se había ido con sus hombres y nadie había reparado en su presencia, pero ahora todo fue completamente diferente.

Cincuenta hombres los esperaban en el desierto y, cuando la vieron bajar del helicóptero, la observaron atentamente.

«Lo saben», pensó Megan.

¿Qué les habría contado Qasim? ¿Les habría explicado que se había casado con ella para salvarla de Ahmet?

Algo le dijo que aquellos hombres jamás entenderían un gesto tan caballeroso.

Pero seguro que les había dicho que aquel matrimonio había sido de conveniencia. Entonces, ¿por qué muchas de las miradas eran hostiles?

Caz saludó a sus hombres amablemente y se la presentó en su lengua. Los hombres la miraron de nuevo y murmuraron entre ellos.

Al final, uno de ellos dio un paso al frente, se arrodilló ante ella y comenzó a hablarle directamente.

—Te está dando la bienvenida —le explicó Caz.

—Yo os doy las gracias por haber venido a conocerme —contestó Megan en su lengua, haciendo que los hombres sonrieron encantados.

Caz también sonrió y le indicó que subiera a uno de los vehículos.

—Ya veo que has aprendido algunas palabras —le dijo—. La verdad es que no sé de qué me sorprendo porque eres una mujer realmente inteligente.

—¿Cómo han sabido que nos hemos casado?

—Yo se lo hice saber porque algunos de

ellos son consejeros personales míos y era importante que lo supieran.

—Entonces, ¿creen que estamos casados de verdad? —preguntó Megan sorprendida.

Qasim pensó que debía de resultar una gran carga para ella que todo el mundo creyera que estaban casados de verdad porque, tal vez, se sentía atrapada en un país extraño con un marido que no había elegido.

—Sí, creen que nuestro matrimonio es real —contestó forzándose a sonreír—. Espero que no te resulte un problema.

¿Un problema? ¡Megan estaba tan feliz! ¿Querría eso decir que Caz no veía su matrimonio como una unión temporal? ¿Querría decir que se había enamorado de ella y quería tener hijos con ella y envejecer a su lado?

—No, claro que no es un problema. En realidad…

—¿En realidad qué? —preguntó Qasim como si su vida no dependiera de ello.

A Megan le entraron ganas de ponerse a llorar. Le había hablado con mucha educación, pero nada más, como si estuvieran hablando de algo sin importancia.

Caz se había casado con ella porque no le había quedado más remedio y no debía olvidarlo. La noche que habían pasado juntos no había cambiado nada.

—En realidad, has hecho muy bien —contestó de manera ambigua.

Qasim se quedó mirando a su esposa, que se había puesto a mirar por la ventana. Por lo visto, el paisaje era más importante que él y su matrimonio.

Entonces, Qasim comprendió que lo que habían compartido no significaba nada porque él era de un mundo y ella de otro y lo que había ocurrido en las montañas no había sido más que una fantasía.

Ahora, lo que tenía que hacer era asegurarle que todo iba a hacerse como habían acordado.

—No tienes que preocuparte por nada.

—No estoy preocupada.

—Sí, sí lo estás, pero no hay motivos. Tenemos un pacto y pienso cumplir mi parte.

Megan sintió unas terribles ganas de llorar.

Claro que Qasim iba a cumplir con su parte del trato. Lo iba a hacer porque era un buen hombre, un hombre de honor.

Él no tenía la culpa de no haberse enamorado de ella.

Transcurrió una semana entera de reuniones con ancianos, consejeros y jefes de tribus, de protocolo, conversaciones y discusiones durante las cuales a Qasim le entraron muchas veces ganas de dar un golpe en la mesa y de gritar que había que renovar el país, pero no lo hizo.

Sabía que así no ganaría nada.

Gracias a Megan, siempre a su lado con la información que necesitaba en cada momento, las reuniones fueron bien y Caz consiguió que sus consejeros dieran el visto bueno a sus propuestas en mucho menos tiempo del que había previsto.

Al principio, los hombres habían enarcado las cejas sorprendidos al ver a Megan en las reuniones, pero se habían acostumbrado a su presencia y aquel día un consejero había llegado incluso a hacerle una pregunta directamente a ella.

Qasim se preguntó si Megan era consciente del enorme paso que aquello significaba, no solamente para ella sino para todas las mujeres del país.

Qasim le dio una patada a una piedrecita mientras paseaba por la playa.

Había pensado que, cuando volvieran, le iba a enseñar a Megan la ciudad, los bazares, las tiendas, había pensado en su cara de felicidad al descubrir cosas nuevas.

Pero no estaba siendo así.

Su mujer y él se trataban con educación,

pero no había cariño y afecto entre ellos, se habían terminado los besos, las caricias y las risas.

Durante el día, trabajaban codo con codo y por las noches…

Oh, las noches.

Megan había insistido en dormir en el ala de las mujeres, así que pasaban las noches separados.

Aquello era una tortura.

¿Cuántas veces había pensado en salir de sus aposentos e ir a buscarla para decirle… para decirle que…?

—¿Señor?

Qasim se giró y vio que era Hakim.

—Espero que sea algo importante porque no estoy de humor.

—Su prima ha venido a verlo —contestó el sirviente.

—¿Mi prima?

—Sí, Alayna. Lleva días intentando verlo.

Caz era consciente de que tenía que tratar con su prima, pero no estaba de humor aquel día.

—Dile que vuelva en otro momento.

—Pero señor…

—Dile lo que te he dicho.

Hakim asintió.

—Muy bien, señor. Por cierto, hay otra cosa aunque no es tan importante…

—Ya te he dicho que no estoy de humor.

—Es sobre la partida de la mujer.

—¿Qué mujer? ¿Qué partida?

—El piloto no quiere volar si su permiso. Yo ya le he dicho que no hacía falta molestarlo para esto, pero insiste en que…

—¿Volar? ¿Quién se va?

—La señorita O'Connell, señor.

—¿Estás de broma, Hakim? ¿Adónde se va?

—A los Estados Unidos.

—¿Y por qué demonios no se me ha informado?

—No quería molestarlo, señor. La mujer…

Caz dio un paso hacia su sirviente con los puños apretados.

—La mujer de la que estás hablando es mi esposa y, por lo tanto, la reina, así que a partir de ahora te referirás a ella con el debido respeto. ¿Entendido?

—Pero señor…

—¿Entendido?

Hakim palideció.

—Sí, señor, por supuesto —contestó —. Perdóneme, señor.

Pero Caz ya no lo escuchaba porque estaba corriendo hacia el palacio.

Megan estaba terminando de hacer la maleta cuando la puerta se abrió con un golpe seco.

—¿Qué demonios estás haciendo?

Desde luego, estaba enfadado, pero Megan contaba con ello.

Aunque Hakim, que no había disimulado su alegría, había hecho todos los preparativos para su viaje sin consultar nada con Caz, Megan sabía que al final terminaría enterándose y confrontándola.

Llevaba una semana presintiendo que su comportamiento educado, formal y distante enmascaraba un enfado que crecía por momentos.

¿Y qué motivos tenía para estar enfadado?

Ella seguía siendo la misma mujer de siempre. Era él quien había cambiado y había pasado de ser su amante apasionado a…

No había manera de describir en lo que se había convertido. Ahora, era un hombre frío, distante y desinteresado.

Y todo aquello la hacía sufrir.

Aun así, Megan no esperaba ver la rabia que estaba viendo sus ojos.

«Bueno, así será más fácil», pensó descolgando una blusa de una percha.

Prefería lidiar con su enfado que con su desinterés, mejor pelearse que dormir sola en su cama llorando, como había ocurrido todas aquellas noches.

Se había convencido a sí misma durante aquellos días de que, en realidad, jamás se había enamorado de él, lo que resultaba completamente patético porque tener que mentirse a sí misma en lugar de admitirse la verdad no era propio de una mujer de su tiempo.

—¿Me has oído? Te he preguntado…

—Sí, te he oído. ¿A ti qué te parece que estoy haciendo? —contestó Megan doblando la blusa con cuidado—. Estoy haciendo las maletas.

—¡De eso nada!

Megan se dijo que no debía perder la compostura porque Qasim estaba intentando enfadarla.

No debía conseguirlo.

—Lo primero que suele hacer una persona cuando se va de viaje es hacer las maletas —le dijo con calma.

—¿Se te ha olvidado que trabajas para mí?

—¿Se te ha olvidado a ti que mi trabajo aquí ya ha terminado?

—Tu trabajo aquí habrá terminado cuando yo lo diga.

—Mi trabajo ha terminado porque las reuniones han terminado.

—Tenemos otro asunto pendiente, el de nuestro matrimonio.

Megan levantó la mirada y se encontró con que Caz la miraba con los ojos entrecerrados y las mandíbulas apretadas.

—Nuestro matrimonio no es de verdad, ¿lo has olvidado?

—¿Te quedarías si nos hubiéramos casado en Los Ángeles?

—No nos casamos en Los Ángeles sino en Suliyam y tú dejaste muy claro que…

—¿Estás diciendo que los matrimonios que se celebran aquí no son legales?

—Sólo te estoy recordando lo que me dijiste. Este matrimonio no es vinculante.

Caz se cruzó de brazos y la miró a los ojos.

Megan tenía razón, eso era lo que le había dicho.

Entonces, ¿por qué estaba tan enfadado? ¿Y por qué le había sonado tan diferente aquella información viniendo de sus labios?

Porque era el rey y, si alguien iba a terminar con aquel matrimonio, sería él.

Así que se lo dijo y, cuando Megan se rió, Caz sintió que la furia se apoderaba de él.

—Escucha, Qasim. Eres increíble…

—Soy tu marido —rugió Caz—. Y en Suliyam una esposa no abandona a su marido sin su permiso.

—¿Qué pasa? ¿Quieres que te suplique de rodillas? No lo voy a hacer. Me dijiste que me podría ir cuando quisiera y eso es exactamente lo que voy a hacer.

Caz se acercó a ella y la agarró de los hombros.

—Te dije que nuestro matrimonio no significaba nada, que lo anularía en cuanto volvieras a los Estados Unidos, pero sigues estando en mi país y, mientras estés aquí, eres mía.

Qasim se dio cuenta de que acababa de hablar como los bárbaros cuyas tradiciones quería reformar, pero no le había quedado más remedio si no quería que aquella mujer que le había robado el corazón desapareciera de su vida.

¿Acaso ella no sentía nada por él? Claro que sí, tenía que sentir algo con él. Caz recordó la noche que habían pasado juntos y decidió que debían hablar claro y decirse la verdad de sus sentimientos.

—Megan —le dijo besándola.

Megan intentó zafarse, pero Caz se lo impidió porque quería demostrarle con sus besos lo mucho que significaba para él y quería hacer que se rindiera y se entregara a él con la misma devoción que en su noche de bodas.

Cuando estaba a punto de perder la esperanza, Megan abrió la boca, se aferró a él y emitió un sonido que era una mezcla de desesperación y rendición.

Cuando Caz percibió sus lágrimas saladas, sintió que se le rompía el corazón.

—*Kalila*, no llores.

—Caz, por favor, deja que me vaya.

—No quiero que te vayas.

—Lo que hubo entre nosotros en las montañas fue sólo una ilusión.

—No, fue de verdad —dijo Caz mirándola a los ojos—. Te quiero. Te lo suplico, no me abandones. Quédate conmigo, sé mi esposa, quiero tenerte a mi lado día y noche. Te quiero, Megan.

Megan sollozó, le tomó el rostro entre las manos y lo besó.

Capítulo doce

MEGAN se despertó hecha un ovillo junto a su marido, con la cabeza apoyada en su pecho y la mano sobre su corazón.

Se oía a los pájaros que habitaban en el jardín y, no muy lejos, las olas del mar rompiendo en la orilla.

Caz estaba dormido y Megan aprovechó para mirarlo tranquilamente.

¡Cuánto lo quería!

Despertarse a su lado todas las mañanas de su vida era lo más maravilloso que se le ocurría en aquellos momentos.

Se preguntó si otras parejas serían así de felices y se dijo que no era muy probable que mucha gente se despertara con el corazón henchido de felicidad y dando las gracias a la vida por haberle regalado semejante amor.

Era imposible que los demás sintieran lo que ella sentía, ni siquiera sus hermanos y su hermana.

Keir y Cullen miraban a sus esposas con el corazón en los ojos y Fallon se derretía cuando Stefano estaba cerca, pero, ¿sabría alguno de ellos lo que era aquella bendición?

Imposible.

Ella era la única mujer en el mundo que amaba con tanta fuerza y a la que su marido amaba de igual manera.

Caz era...

—Preciosa —murmuró Caz con voz somnolienta.

Megan sonrió.

—Buenos días —le dijo mientras Qasim la abrazaba y se tumbaba sobre ella.

—Buenos días, *kalila* —le dijo besándola con ternura—. ¿Cuándo te he dicho por última vez lo mucho que te quiero?

—Veamos... —contestó Megan abrazándolo—. ¿Fue en la cena o cuando nos vinimos a la cama? Creo que fue después, cuando decidimos bajar a la playa a contar las estrellas.

—Mmm —dijo Caz apartándole un mechón de la cara—. Yo creo que ha sido esta mañana, ¿no? Creo recordar que te he despertado al amanecer.

Por supuesto que la había despertado. Megan se estremeció de placer al recordarlo.

—De eso, no me acuerdo —bromeó.

—¿Ah, no?

—No, me lo vas a tener que recordar...

Megan ahogó un grito de placer cuando Qasim le tomó un pezón entre los dientes y se lo lamió.

—Sí, ahora me acuerdo —suspiró.

Qasim se deslizó por el cuerpo de Megan, le separó las piernas y se zambulló en el calor del cuerpo de aquella mujer que le había cambiado la vida.

—¿Te acuerdas también de esto? —murmuró hundiendo su boca y saboreándola.

—Caz, Caz…

—Sí, dilo, necesito oírlo.

—Te quiero —murmuró Megan—. Te quiero, te quiero, te quiero…

Caz se tumbó encima de ella, se adentró en su interior y juntos alcanzaron aquel momento en el que sólo existían ellos dos en el universo.

—¿Megan?

—Mmm.

Caz se apoyó en un codo y sonrió mientras le acariciaba el puente de la nariz, los labios y la barbilla con un dedo.

—*Kalila*, no te duermas, te tengo que contar una cosa importante.

—¿Qué significa eso?

—Significaba que me tienes que prestar atención.

—No, me refería a qué significa «*kalila*».

—¿No te lo he dicho nunca?

—No, yo tampoco te lo he preguntado

hasta ahora.

—Significaba «amada mía».

—Es muy bonito.

—Me alegro de que te guste.

Megan sonrió encantada.

Transcurridos unos segundos, Caz tomó aire y habló.

—¿Echas mucho de menos los Estados Unidos?

—Un poco —admitió Megan con sinceridad—. Pero te tengo a ti y tú significas más que cualquier cosa.

—Te prometo que iremos pronto —dijo Qasim besándola en la frente.

—Así te presentaré a mi familia —sonrió Megan—. Claro que no va ser fácil porque no sé si les va a sentar muy bien que nos hayamos casado sin decirles nada.

—Bueno, les puedes explicar la verdad. No teníamos planeado casarnos hasta que no tuvimos más remedio que hacerlo. A no ser que no quieras contarles lo de Ahmet.

—¿Cómo no les voy a contar que nos casamos para que me salvaras del lobo feroz? —rió Megan—. Les va a encantar la historia. Mis hermanos te aceptarán inmediatamente en el clan O'Connell porque eres un macho y mis hermanas se quedarán con la boca abierta porque no todos los días encuentra una mujer a un príncipe azul de verdad. Lo que creo que no les va gustar tanto es no haber podido formar parte de nuestra boda, pero, claro, no pudo ser.

—Si quieres, podemos vestirnos tú de blanco y yo de chaqué y tus hermanas de amarillo o de rosa o de lo que tú quieras y esos tres cuñados de los que me has hablado de chaqué como yo —sonrió Caz llevándola al baño y dejándola en la bañera—. Si yo me tengo que disfrazar de pingüino, que se disfracen ellos también.

—¿De qué estás hablando, Caz?

—De nuestra boda, ¿de qué va a ser?

—Nosotros ya hemos tenido una boda.

—No una de verdad, cariño —contestó Caz metiéndose en la bañera con ella—. Tú te mereces la boda con la que sueñan todas las chicas.

—¿Y tú qué sabes de los sueños de las chicas? —preguntó Megan perdiéndose en sus brazos.

—He estado en muchas bodas y sé que sois las que más disfrutáis aunque también las que tenéis que disimular cuando os regalan el microondas cincuenta.

—Eso es porque no has estado en las bodas correctas. En mi casa, nos regalarán un bono para hacer caída libre.

Caz enarcó una ceja.

—¿Mi esposa hace caída libre?

—Como lo oyes —contestó Megan muy orgullosa—. Es lo que más me gusta en el mundo.

—¿Lo que más?

Megan sonrió de manera sensual.

—Bueno, casi —contestó suspirando—. Pobrecito, seguro que has ido a un montón de bodas y jamás te habías imaginado que tú serías un día el novio.

—Megan, te quiero con todo mi corazón y quiero volver a hacerte mi esposa, pero esta vez quiero que te vistas de blanco y que esté toda tu familia. Tu madre, tu padre.

—Mi padrastro —lo corrigió Megan—. ¿No te parece increíble que todavía haya cosas que no sepamos el uno del otro?

—Tenemos todo el tiempo del mundo para aprenderlo.

—Sí, toda la vida —sonrió Megan—. ¿Y dónde nos casaremos?

—Aquí, en el palacio, a no ser que tú prefieras…

—Me encanta la idea y a mis hermanas les va a chiflar y ya verás a mis cuñadas. En cuanto a mis hermanos, van a estar encantados y sus hijos también. Te advierto que los O'Connell somos un gran clan, jeque Qasim, y cada vez somos más.

—Espero que nosotros contribuyamos pronto a esa familia —dijo Qasim poniéndole la mano en la tripa—. Quiero tener hijas que tengan tus preciosos ojos.

—Yo quiero tener hijos que tengan tu maravillosa sonrisa —contestó Megan—. Oh, Caz, qué feliz soy.

—Sí —murmuró Caz—. Yo también —añadió besándola.

Megan consultó el reloj e hizo cálculos para determinar qué hora sería en Nueva York, en Boston, en Sicilia, en Connecticut y en Las Vegas.

¿Y si despertaba a todos?

Lo cierto era que debería haberlos llamado hacía días para decirles que se había casado con Caz, pero ahora sí que era imposible no llamar.

Se moría por darles las buenas nuevas.

A la primera que llamó fue a Bree, pero le saltó el contestador automático.

—¿Es que nunca estás en casa? De verdad, Briana, tenía una cosa muy importante que contarte, pero como no estás…

Y colgó.

A continuación, llamó a Keir y a Cassie, pero también le saltó el contestador. Entonces, lo intentó con Fallon y Stefano, que, tal y como le dijo su empleada de hogar, tampoco estaban en casa.

Intentó hablar con la mujer, pero era italiana y no hablaba bien inglés, así que fue imposible.

Por último, intentó llamar al móvil de Sean, pero su hermano tampoco contestó y en casa de Cullen y Marissa comunicaba sin parar.

Megan puso los ojos en blanco.

Maravilloso, tenía una noticia estupenda y no se la podía dar a nadie.

Bueno, probablemente su madre estuviera en casa. Megan estaba segura de que le iba a encantar que hubiera conocido a un hombre por fin porque no paraba de preguntárselo últimamente.

Megan sonrió y levantó el auricular.

—¿Señorita O'Connell?

Era Hakim.

—¿Sí? —contestó Megan colgando el teléfono.

—¿Le importaría venir conmigo?

Se suponía que tenía que llamarla «mi señora». Megan había oído cómo Caz se lo decía varias veces, pero el sirviente había ignorado sus órdenes.

En cualquier caso, Megan le había dicho a su marido que a ella le encantaría que la llamaran por su nombre de pila, pero Caz le había contestado que la tradición lo impedía.

Así que Megan se había convertido en «mi señora» para el pueblo de su marido, incluido Hakim… excepto cuando Caz no estaba delante. Megan no le había comentado nada a Qasim porque sabía que el sirviente necesitaba tiempo para lidiar con todo lo que había sucedido.

—¿Adónde? —le preguntó educadamente—. ¿Mi marido me manda llamar?

—Su marido está ocupado, señorita O'Connell. Por eso he venido a buscarla.

Megan asintió pues sabía que Caz tenía una reunión aquella tarde. Acto seguido, se puso en pie y siguió a Hakim por el pasillo que conducía a las salas de reuniones del palacio y se preguntó si no debería haber llevado el maletín y sus notas.

—Hakim, espera un momento. ¿Con quién está reunido mi esposo? Voy a volver a mi habitación para recoger algunos documentos.

Hakim torció a la derecha de repente y aparecieron en un estrecho pasillo que Megan no había visto nunca.

—¿Hakim?

El sirviente volvió a torcer a la derecha y Megan se encontró ante una celosía.

—No va a necesitar ningún documento para esto, señorita O'Connell —murmuró.

—¿A qué te refieres? ¿Dónde está Caz?

—Ahí, tras esa puerta.

Megan se giró al sirviente, que la miraba con los ojos llenos de odio. En ese momento, un movimiento tras la celosía llamó su atención.

Allí estaba su esposo, sí, en el centro de la sala. Había una mujer con él.

Megan tuvo miedo y se dijo que no debía mirar, pero sus pies se movieron solos y se encontró inclinándose sobre la celosía y mirando a la mujer.

Inmediatamente, la reconoció.

Era la guapísima Alayna, la prima de Caz, la mujer que había ido a pedir su intercesión para no tener que casarse con un hombre al que no amaba.

Caz la tenía abrazada y ambos tenían los ojos cerrados.

Megan se giró y se dirigió a la puerta.

—¡Señorita O'Connell! Espere.

—No pienso espiar a mi marido.

Hakim la alcanzó ya en el pasillo.

—Es usted la esposa de mi señor y hay cosas que debe saber.

—¡Sé todo lo que necesito saber! —le espetó Megan—. ¿Te crees que me vas a poner celosa? Mi marido me ha hablado de esa mujer. Sé que es su prima.

—Sí.

—También sé que está obligada a casarse

con un hombre al que no ama.

—Correcto.

—Está enamorada de otro hombre y mi marido lo ha arreglado todo para que pueda casarse con él.

—Así es.

—Y… y lo que acabamos de ver… lo que acabamos de ver es simplemente una mujer agradecida.

—Tiene usted razón en todo lo que ha dicho, señorita O'Connell.

—Entonces, ¿de qué va todo esto? ¿Para qué me has traído aquí? ¿Qué querías que viera?

—Usted no es uno de los nuestros.

—¡Muy listo!

—No conoce nuestras tradiciones.

—Oh, por favor… —dijo Megan girándose para irse.

Pero Hakim la agarró del brazo.

—Quítame las manos encima o se lo cuento a mi marido —le advirtió.

—Lo ha embrujado —dijo Hakim con desprecio.

—¿No me has oído? ¡Suéltame!

—Mi señor cree que la ama.

—Me ama y yo también lo amo a él. Aparta la mano.

—Amor —dijo Hakim con desprecio—. ¿Qué significa eso?

—Significa todo, pero tú no lo entiendes.

—El amor es una fantasía occidental. Aquí, creemos en la…

—¿Tradición? ¿Te refieres a que una mujer tenga que casarse con un hombre al que no ama? Lo único que saldrá de eso será sufrimiento.

Hakim dio un paso al frente y la miró con odio.

—Alayna estaba prometida.

—Sí, a un hombre al que no quería. Es fascinante, pero no tiene nada que ver conmigo.

—¿Cómo que no? La primera vez que vino a ver a mi señor para que intercediera por ella, él actuó según la tradición.

—Pero ahora ha cambiado de parecer, ¿verdad? ¿Por eso me odias tanto? ¿Crees que ha sido por mí?

—Cuando su prima volvió a venir, usted ya estaba en palacio —asintió Hakim—. Volvió a pedirle a mi señor que intercediera por ella y entonces el jeque accedió.

—¿Tanto te preocupa que tu rey tenga corazón?

—¿Y a usted no le preocupa en absoluto interferir en nuestra forma de vida?

—Eso no es cierto.

—Se ha casado usted con el rey.

—Ya lo sé y, de hecho, me voy a volver a

casar con él. ¿Estás tan ciego que no te das cuenta de que el mundo está cambiando?

—¡Nuestro rey ya estaba prometido!

—¿Qué?

—Estaba prometido a Alayna —le explicó Hakim—. Desde que nacieron.

—Estar prometido no es lo mismo que estar casado —contestó Megan con voz trémula—. Es obvio que mi marido ha cambiado de opinión porque se ha casado conmigo y no con Alayna.

—Se ha casado con usted, pero advirtiéndole que se iban a divorciar, pero al final no lo ha hecho porque lo tiene usted embrujado.

—No pienso seguir escuchando estas tonterías.

—La gente de Alayna no permitirá semejante ultraje.

—¿Pero es que no te enteras de nada? Alayna no quería casarse con Caz, no lo amaba. ¡Estará encantada de no tener que hacerlo! En cuanto hable con su familia, ellos lo entenderán.

—Es usted una ingenua, señorita O'Connell. Alayna no podrá salir a la calle con la cabeza alta. Su familia va a tener que hacer algo por lo que mi señor ha hecho pues, de lo contrario, esa mujer jamás encontrará marido.

—Aunque eso sea verdad, yo no soy responsable de ello. Como tú mismo has dicho, mi marido ya le había prometido a su prima que la ayudaría.

—Eso fue tras haberla conocido usted, después de que usted lo hubiera embrujado, después de que se hubiera casado con él y se hubiera negado a divorciarse.

—Escúchame bien. Mi marido no quiere divorciarse de mí.

—Lo sé, quiere estar con usted y, para ello, está dispuesto a deshonrar a una chica de una familia importante y a un pueblo entero.

—¡Tal y como lo dices, cualquiera diría que por mi culpa la monarquía está en peligro!

—Así es —contestó Hakim—. Como poco, por su culpa, mi señor no podrá llevar a cabo las reformas que tenía previstas.

—Te equivocas. He estado en todas las reuniones con mi marido y he visto que sus ideas tenían buena acogida.

—A su marido le ha costado bastante convencer a su pueblo para que lo siguiera hacia los tiempos modernos y ahora va a perder el respeto de una parte importante del pueblo porque se ha burlado de las tradiciones centenarias que mandan con quién se debe casar, quién debe ser la reina y quién dará herederos al trono.

—Te recuerdo que su padre también se casó con una extranjera.

—Sí, pero cuando su primera mujer murió —contestó Hakim acercándose a ella—. Ha puesto usted al jeque en grave peligro.

—¿Peligro? —repitió Megan con voz temblorosa—. ¿Caz está en peligro?

—La única manera de arreglar las cuestiones de deshonor es a través de la sangre.

—No, no te creo. Qasim ha cambiado esas cosas.

—Cambiar las tradiciones no es tan fácil como hacer una carretera o un hospital nuevos.

—Voy a hablar con él, le voy a preguntar si…

—¿Qué le va a preguntar? ¿Y qué espera que él le conteste? ¿Espera que le confiese que está en peligro por su culpa? Dice usted que lo ama y, quizás, así sea. ¿Lo quiere lo suficiente como para irse o se va a quedar aquí esperando a que pierda el trono, el reino, su pueblo y la vida?

Horas después, Megan estaba tumbada junto a Caz en la cama.

Era de noche y todo estaba en silencio.

Megan sabía lo que tenía que hacer y lo habría hecho ya si no hubiera sido porque quería pasar una última noche con él.

Caz le había hecho el amor.

Ella le había hecho el amor a él.

Por última vez, le decía su corazón.

Los besos y las caricias de aquella noche habían quedado impregnados por el dolor de lo que Megan sabía que ocurriría a continuación.

Había llegado el momento.

Un último beso…

Megan le rozó los labios y, a continuación, se levantó y se puso la bata que había dejado a los pies de la cama.

—¿Caz?

Caz suspiró.

—Despierta, tenemos que hablar.

—Mmm.

—Tenemos que hablar.

—¿No puedes dormir? Ven, yo sé cómo relajarte —sonrió Qasim de manera sensual.

Megan sintió que las rodillas le temblaban.

—He hablado con mi familia, Caz, y les he contado lo de nuestra boda.

—¿Y? —contestó Caz mirándola a los ojos.

—Y no lo aprueban.

Qasim no podía decir que aquello lo hubiera sorprendido porque, en su lugar, si él tuviera una hija como Megan y le anunciara de repente que se iba a casar con un hombre al que no conocían de nada y que iba a vivir en un país perdido en el desierto, tampoco lo habría aprobado.

—Quieren que vuelva a casa y que me lo piense mejor —añadió Megan.

—¿Todos? —rugió Qasim.

—No, bueno, he hablado con... Sean —mintió Megan.

Qasim tomó aire, apartó las sábanas y se puso los pantalones.

—No me gustan los rodeos, así que vamos a ir directamente al grano. Aquí lo que pasa es que te vas a los Estados Unidos y no piensas volver jamás, ¿verdad?

Megan sintió unas inmensas ganas de llorar, pero sabía que no podía ser.

—¿Megan? ¿Tengo razón? ¿Me abandonas?

«No, oh, no. ¿Cómo podría abandonarte, mi amor? ¿Cómo voy a vivir sin ti?»

—Sí —contestó.

Caz se quedó mirándola muy serio.

—Ojalá las cosas fueran diferentes, pero...

—No, está bien así.

—¿Cómo?

—La verdad es que esto es un alivio —dijo Caz poniéndose un jersey—. Cuando te pedí que te casaras conmigo, debía de estar loco.

Tienes razón. Lo nuestro jamás funcionaría porque no tenemos nada en común.

Aquellas palabras le hicieron daño. ¿Las estaría diciendo por despecho o sería la verdad? Ya no importaba.

—Quiero que sepas que… eh… el tiempo que hemos estado juntos ha sido…

—Sí, ha sido, en pasado —la interrumpió Caz con frialdad—. ¿Hakim? —añadió apretando botones—. Prepara el avión. Sí, ahora mismo. La señorita O'Connell se va a los Estados Unidos. Manda a alguien a buscarla —añadió girándose hacia Megan—. Lo mejor será que te vayas cuanto antes.

—Caz, no te vayas —contestó Megan al ver que iba hacia la puerta—. Caz, por favor…

—¿Qué quieres? —contestó Caz girándose hacia ella presa de la ira—. ¿Un último revolcón con un bárbaro?

—No digas eso, yo jamás he dicho que fueras un bárbaro —se lamentó Megan.

—Por cierto, ¿te había dicho que nuestro matrimonio se puede disolver así de fácilmente? —dijo Qasim acercándose a ella y chasqueando los dedos—. Es lo que tiene de bueno ser hombre en mi país. Si un marido no quiera a su esposa, lo único que tiene que hacer es decírselo y yo te lo digo. Ya no te quiero como mi esposa, Megan O'Connell.

Me divorcio de ti.

—¿Me estás diciendo que podrías haberlo hecho…?

—Cuando me hubiera venido en gana, sí.

¿Por qué aquello la sorprendía tanto? De repente, Megan comprendió que durante todo aquel tiempo no había sido más que un juguete y aquello la llenó de rabia.

—Bastardo —murmuró abofeteándolo.

Caz la agarró de la muñeca y se la retorció.

—Vuelve a tu país, Megan O'Connell, allí donde estés a salvo y donde nadie te toque— añadió besándola.

Y poco después se fue dejándola a solas con la horrible certeza de que lo que había vivido en aquellas últimas semanas no había sido más que un sueño.

Capítulo trece

BRIANA O'Connell abrió el frigorífico de su hermana y, al ver las estanterías vacías, pronunció una palabra malsonante.

—¡No hay nada de comer, Megan!

Megan, que estaba sentada en el sofá del salón, señaló con el bolígrafo un anuncio de empleo.

—Sólo hay queso y yogur —insistió su hermana—. ¿Y qué es esto verde? ¡Qué asco!

A Megan sólo le quedaban unos cuantos anuncios y, de momento, sólo había visto una oferta decente.

—Megan, te quiero con todo mi corazón, pero, tu gusto en lo que a comida se refiere deja mucho que desear. ¿Me oyes?

—Te está oyendo toda la ciudad de Los Ángeles —gruñó Megan—. Pide una pizza.

—Buena idea —contestó Bree.

Tras haber llamado por teléfono, fue al salón y se sentó junto a su hermana.

—¿Qué tal va la búsqueda de trabajo?

—No muy bien.

—¿Por qué no lo intentas con un cazatalentos?

—Ya lo he hecho.

—¿Y nada?

—No —contestó Megan poniéndose en pie y yendo hacia la cocina.

Su hermana dejó abierta la puerta para que entrara el repartidor y la siguió.

—¿Y tú último jefe no te podría dar buenas referencias?

—No.

—¿Por qué?

—Bueno, digamos que porque dejé un proyecto a medias —contestó Megan.

—Eso no es propio de ti —apuntó Bree oliendo una botella de zumo de naranja—. Esto huele espantosamente mal.

Megan agarró la botella y vació su contenido en el fregadero.

—Si me hubieras dicho que ibas a venir, habría ido a la compra.

—¿Y cómo iba yo a saber que iban a desviar todos los vuelos a Colorado por el mal tiempo? Si quieres, me voy a un hotel…

—¡No! —exclamó Megan abrazando a su hermana—. No quiero que te vayas a un hotel. Es que estoy un poco… nerviosa.

—Sí, ya me he dado cuenta —dijo su hermana apoyándose en el fregadero y cruzándose de brazos—. ¿Y por qué dejaste ese proyecto a medias?

—¿Eh? Eh, bueno, porque… porque sí.

—Esa explicación no me convence.

—Fue porque no me llevaba bien con el cliente y creí que era mejor para todos que dejáramos de trabajar juntos.

—¿Sabes que eres la persona que peor miente del mundo?

Megan se quedó mirando fijamente a su hermana.

—¿No te han dicho que llamaras al aeropuerto cada hora?

—He llamado hace veinte minutos.

—Me acabo de acordar de que tengo una cita con el cazatalentos.

—¿Un domingo? —sonrió Bree.

—Mira, Briana…

—Mira, tú, Megan Nicole O'Connell. ¿Por qué no me cuentas lo que pasó en realidad? Hace un mes, me dejaste un mensaje misterioso en el contestador contándome que te ibas a no sé qué sitio con no sé qué jeque. ¿Qué ha pasado?

Megan abrió un armario y le pasó dos platos a su hermana.

—Vamos a poner la mesa para cuando llegue la pizza.

—Ha pasado algo entre el jeque y tú, ¿verdad? —insistió Bree.

—Sí, que no nos hemos llevado bien —contestó Megan pasándole las servilletas y los vasos.

—Os habéis liado, ¿verdad?

—Para ya.

—¿Te has acostado con él?

—No pienso hablar de Caz contigo.

—¿Caz?

—Pierdes el tiempo.

—¿De verdad?

—Sí. Lo que sucedió en Suliyam quedó atrás. No significa nada. Ya no pienso en ello y no quiero hablar de ello —dijo Megan con voz trémula—. ¿Me has oído? No quiero hablar de esto —añadió estallando en sollozos.

—¡Perdona! —contestó su hermana corriendo a su lado para abrazarla—. Sólo te estaba tomando el pelo.

—No pasa nada...

Megan dejó caer la cabeza entre las manos y lloró por primera vez desde que se había separado de Caz.

Ni siquiera había llorado cuando el asqueroso de Simpson la había despedido, pero no saber si Caz hablaba en serio cuando le había dicho que podría haberla repudiado cuando le hubiera dado la gana era mucho peor.

Se había dicho una y otra vez que no importaba, pero no era cierto.

¿Acaso jamás la había amado?

Durante el día, cuando estaba ocupadísima haciendo entrevistas, conseguía mantener aquellos pensamientos a raya, pero por las noches…

Las pasaba en vela recordando el cuerpo de Caz, sus brazos, su piel, soñaba con él, lo echaba terriblemente de menos.

Y, aun así, no había llorado por él hasta ahora.

Bree la condujo al sofá y la consoló mientras Megan lloraba hasta quedarse sin lágrimas.

—No sé qué me ha pasado —se disculpó Megan.

—¿Estás bien?

Megan asintió.

—Bien, entonces, cuéntame lo que te ha hecho ese bastardo.

—No ha sido culpa suya. Yo… nosotros… me enamoré de él y fue un gran error.

—¿Por qué no te quería?

—No es tan fácil. Se casó conmigo y…

—¿Cómo?

—Se casó conmigo única y exclusivamente porque no le quedó más remedio, para salvarme de… bueno, es una historia muy larga y en cualquier caso no importa porque el matrimonio no fue de verdad.

—No entiendo nada.

—No me mires así. Ya te he dicho que el matrimonio no era válido. Bueno, quizás lo fue durante un tiempo, hasta que Caz lo disolvió.

—Ese hombre es un asqueroso.

—No, no lo es.

—¿Ah, no? Por lo que me has contado, se casó contigo para…

—No es ésa su versión de los hechos.

Ambas hermanas se giraron y se pusieron en pie.

—¿Sean? —dijo Bree.

Megan no dijo nada porque ver a su hermano en la puerta la había sorprendido, pero lo que la había dejado sin habla había sido ver al hombre que había a su lado.

Era Qasim.

Y parecía muy enfadado.

—¿Qasim? —murmuró.

—Sí —contestó Caz yendo hacia ella.

—Este hombre se presentó ayer en mi casa de Nueva York —le informó Sean.

—Sí, tenía ciertas preguntas que hacerle a tu hermano y no ha sabido contestarlas.

—No sé de qué me hablas —contestó Megan.

—¿Cómo que no? Le pregunté qué te dijo exactamente la noche en que hablasteis por teléfono.

—Ah… —dijo Megan palideciendo.

—Sí, ah —dijo Caz—. Por si no te acuerdas, me dijiste que te ibas por lo que te había dicho tu hermano Sean. ¿Por qué me mentiste? Te habría bastado con decir que querías poner fin a nuestro matrimonio.

—¿Matrimonio? —exclamó Sean—. No comprendo nada. ¿Megan está casada? —añadió mirando a Bree.

—Sí —contestó Caz.

—No, ya no —contestó Megan—. Por si no te acuerdas, disolviste nuestro matrimonio.

—Eso no es cierto.

—Tú mismo me lo dijiste.

—Pero te mentí.

—¿Me mentiste?

—Sí.

—Entonces, ¿seguimos casados? —dijo Megan con el corazón latiéndole aceleradamente.

—Sí, sigues siendo mi esposa.

— ¿Por eso has venido? ¿Para decirme que sigo siendo tu esposa y que quieres divorciarte de verdad?

—La verdad es que para ser una mujer tan inteligente, a veces no te enteras de nada. No he venido a buscarte antes porque he dejado que el orgullo se interpusiera en mi camino. He venido para decirte que te quiero. Sé que tú me quieres a mí…

—No, yo no te quiero. No puedo quererte porque Hakim me dijo que…

—Hakim te mintió.

—Pero me dijo que la familia de Alayna quería vengarse.

—Nadie quiere vengarse, cariño. Las viejas tradiciones han quedado olvidadas, pero Hakim no lo acepta. Cuando hablé con el padre de Alayna y le dije que no nos íbamos a casar, mi tío se mostró increíblemente aliviado porque quiere mucho a su hija y hacía tiempo que quería hablar conmigo, pero no se había atrevido a hacerlo por miedo a las consecuencias.

—Oh, Caz, Caz…

En ese momento, Bree y Sean decidieron que era mejor hacer mutis por el foro y dejarlos a solas.

—He venido a buscarte para preguntarte si me quieres —le dijo Caz a Megan.

—Claro que te quiero —sonrió ella abrazándolo—. Te quiero con todo mi corazón.

La boda tuvo lugar en el maravilloso palacio de Suliyam y acudió toda la familia de Megan, todos muy emocionados, sobre todo su madre.

—Ha sido un día perfecto —declaró Mary O'Connell Coyle limpiándose las lágrimas con un pañuelo.

«Un día perfecto», pensó Sean preguntándose por qué un hombre querría perder su libertad.

Estaba encantado de que sus hermanos

hubieran encontrado a mujeres que los hacían felices y que dos de sus hermanas hubieran encontrado a hombres con los que compartir su vida.

De verdad se alegraba mucho por todos ellos, pero aquella clase de felicidad no era para él.

A Sean le gustaba salir con diferentes mujeres, compartir la cama con ellas, disfrutar el uno del otro en igualdad de condiciones y decirse adiós sin mayores consecuencias.

No quería que aquello cambiara jamás.

Sean miró a su hermana Megan, que miraba a su marido como si fuera el centro del universo. Caz la miraba de igual manera.

Sean se sentía como un antropólogo observando la ceremonia tribal de unos nativos que no podía llegar a comprender.

—Yo os declaro marido y mujer —dijo el juez en ese momento.

Y todo el mundo aplaudió, incluido él.

Aplaudió por la felicidad de su hermana y por su independencia, que no era asunto de nadie más de él.